中国政法大学科研创新年度规划项目资助（19ZFG75001）
中央高校基本科研业务费专项资金资助

| 光明社科文库 |

# 文学叙事与儿童阅读研究

金莉莉 ◎著

光明日报出版社

**图书在版编目（CIP）数据**

文学叙事与儿童阅读研究 / 金莉莉著. --北京：
光明日报出版社，2020.2
ISBN 978－7－5194－5597－2

Ⅰ.①文… Ⅱ.①金… Ⅲ.①儿童文学—文学创作研
究—中国—现代②儿童文学—文学创作研究—中国—当代
③儿童—阅读辅导—研究 Ⅳ.①I207.8②G252.17

中国版本图书馆 CIP 数据核字（2020）第 011553 号

## 文学叙事与儿童阅读研究
### WENXUE XUSHI YU ERTONG YUEDU YANJIU

著　　者：金莉莉

责任编辑：曹美娜　黄　莺　　　　　责任校对：姚　红
封面设计：中联学林　　　　　　　　特约编辑：田　军
责任印制：曹　净

出版发行：光明日报出版社
地　　址：北京市西城区永安路 106 号，100050
电　　话：010-63139890（咨询），010-63131930（邮购）
传　　真：010－63131930
网　　址：http://book.gmw.cn
E－mail：caomeina@gmw.cn
法律顾问：北京德恒律师事务所龚柳方律师

印　　刷：三河市华东印刷有限公司
装　　订：三河市华东印刷有限公司
本书如有破损、缺页、装订错误，请与本社联系调换，电话：010-63131930

开　　本：170mm×240mm
字　　数：155 千字　　　　　　　印　　张：14.5
版　　次：2020 年 2 月第 1 版　　　印　　次：2020 年 2 月第 1 次印刷
书　　号：ISBN 978－7－5194－5597－2
定　　价：85.00 元

# 自　序

　　本书是我近 20 年来持续关注儿童文学叙事问题的论文结集，也是一次漫长的从宏观理论研究到微观讨论再到实践分析的探索过程和阶段总结。所幸我从一开始力求证明的观点，至今依然认为有坚持的必要，即：儿童文学与成人文学的区别不在主题或题材，而是叙事方式。儿童与成人、儿童文学与成人文学面对共同的历史语境和文学场域，二者互为参照。对"童年"的观察和儿童文学研究需要突破自身学科的疆域（这一疆域正是"现代童年概念"兴起以来，成人—儿童二元对立关系建构的产物），而纳入广阔的文学图景中。

　　既然"叙事"是我建立这一基本观点的切入点，西方的叙事学理论和国内由此激发的叙事学研究热潮便成为我思考的有力工具。我希望对儿童文学叙事问题进行深入的理论探索。宏观研究往往期待寻找普遍的文学规律，但对儿童文学这一本身涵盖了跨学科、多样性的文类来说，各文体差异更为突出，普遍规律难以概括所有文体的特点。比如，图画书的叙事效果如何解读？儿童诗是否也体现

出较强的叙事性？即使是童话和幻想小说，与一般文学叙事相比有
怎样的异同？本书研究进行之时，笔者越发感到宏观研究的局限，
只能暂且回避太具特色的文体，而主要选择小说、童话两种典型的
叙事文本，以及其结构、话语问题进行讨论。

　　10年理论思索之后，我终于找到理论研究的最终落脚点，不是
世界经典作品，而是中国文本。尤其是近年来对"中国童年"进行
"中国式书写"的呼吁强调，已充分表明研究中国儿童文学的特殊性
和研究中国儿童文学叙事的必要性。但何为"中国童年精神"？在我
看来，上述概念一直语焉不详，而真正解答这些疑问的必要路径，
只能回到自中国儿童文学诞生起，在百年来与家、国交融的儿童文
化的建构历程中，即回到与现代和当代文学共同的叙事语境，将儿
童文学作为现当代文学的一部分进行重新考察。

　　这一研究重点的定位使我不能不感激自己从事的中国现当代文
学的教学工作。正是应教学需要对百年来中国文学发展的梳理，拓
展了我阅读和分析儿童文学的思路和领域，也终于促使我有意识地
突破局限在儿童文学学科内进行架空研究的弊端。因此，在对百年
儿童文学叙事发展的观察中，我尤其选取了诞生期的经典之作《稻
草人》，以及当代重要创作现象——探索性作品和幻想文学，将其置
于历史语境中，使其与整体文学进行对话。对中国问题的关注和强
烈兴趣，使我以本书为起点，制订了详细的后续研究计划，力图对
早已形成定论或被遮蔽的文学现象进行更深入的研究。

　　而如何将理论运用于现实？这关乎我理论研究的价值和意义，
也是我能否持续下去的动力。10年来能够亲自观察一个生命的诞生

和成长过程，以及她的同龄群体的阅读经验，给了我让理论落地的契机，也亲自实证了文本的叙事视角、结构是如何影响儿童的阅读感受的。同时，西方儿童阅读领域的理论研究与实践经验为我思考中国问题提供了另一类参照。但阅读研究仍需更多且更长时间的访谈和观察，这部分内容对我来说才刚刚起步。

本书部分内容已作为论文发表于《晋阳学刊》《中国现代文学》（中国台湾）、《戏剧文学》《文艺报》等期刊，收录本书时做了大量修改，一是部分观点又有了新的修正，二是为让体例稍显完整。但本书的初衷是对自己前20年理论研究的重点内容做出总结，因此这三部分内容还难称系统完善。笔者勉强呈现出来，真诚接受批评和争鸣。

# 前　言

　　本书集中于儿童文学叙事、中国儿童文学叙事、叙事与儿童阅读三个层面的讨论。

　　18世纪以来，西方"现代童年概念"建立，"儿童"因被建构为"成人""理性""成熟""现代文明"的对立面而被赋予丰富内涵。这既生成了现代意义上的"成人—儿童"关系，也促使儿童文学围绕世界、作者、文本、读者四要素形成不同于成人文学的独特表达方式。因此，叙事成为儿童文学受益于成人文学，又凸显独立价值的重要层面。

　　儿童文学叙事研究得力于童年研究和叙事学理论的发展。以菲利普·阿利埃斯《儿童的世纪——旧制度下的儿童和家庭生活》为开端的童年研究，开启了对社会历史语境中的童年和儿童读物的关注。后继的社会学理论家艾莉森·詹姆斯、艾伦·普劳特、威廉·A.科萨罗，以及大卫·波兹曼《童年的消逝》和帕金翰的《童年之死》等，这些跨学科成果无疑为重视童年变化和新的叙事模式，以及思考中国童年问题提供了极好的启示。童年研究的深入拓展，为儿童文学研究提供了更多的思路。20世纪90年代以来，约翰·斯蒂文斯《儿童小说中的语言和意识形态》、玛丽亚·尼古拉耶娃《儿童文学中的人物修辞》、芭芭拉·沃尔《叙事者的声音：儿童虚构文学的两难》等对作者、读者、声音等核心叙事问题的跨文化研究，将儿童文学纳入新的理论视野。罗宾·麦考伦、特瑞兹等学者对复调叙事、主体性建构的讨论，都建立起了较为丰富的儿童文学叙事理论。

国内的叙事学研究兴起于20世纪80年代，主要受到西方叙事学理论影响。这极大地拓展了传统文学研究以内容为主为重、以社会发展阶段论定文学价值的模式。申丹、谭君强等从经典叙事学到后经典叙事学理论的翻译与批评实践，以及陈平原、杨义、赵毅衡、傅修延、戴锦华等对本土叙事的探讨，都加深了对中国文学的理解与对话。叙事学研究热潮也波及儿童文学领域。早期方卫平、吴其南对"儿童读者接受心理"的研究，为后续探索奠定了较好基础。近20年研究文献中"叙事"一词出现频率逐年增多，也开始出现大量文本批评或童话、小说、图画书等叙事类型总结的论著，其中近10年来，在文化研究思路方法的影响下突破文体界限、跨界研究成为新的关注点。但总体上对"叙事"一词的解读较为含混，更多局限于题材或风格层面，如身体叙事、成长叙事、童年叙事、战争叙事等，缺少系统、理论的探讨。

对西方经典的引进和研究是为了解决中国问题，而理论探索的重要目标又是为了回应现实。百年前，"中国儿童"自被"发现"起便不是作为独立并自足发展的概念，而与"国家民族"叠合在一起，比照后者的发展进程，体现出从低向高、落后向先进、野蛮向文明的线性发展过程。因历史语境的特殊而产生的迥异于西方的童年景观，使一大批现代文学大师掀起轰轰烈烈的儿童文学运动，将这一种西方舶来的"新文类"视作现代国家发展话语体系中全新的表达途径。于是，如何对"中国童年"进行"中国式书写"成为百年来中国文学不断探索的重要问题。尽管"儿童"和"童年"的发现是中国文学步入现代的重要表征，少数现代文学学者，如宋莉华对近代来华传教士与儿童文学译介的研究，陈平原、夏晓虹对晚清儿童杂志的文学社会学分析等研究，都提供了新的材料和方法。但总体上来自现代和当代文学研究领域对儿童文学的关注并不多见，这使文学研究因强调儿童读者的"特殊"而过于注重学科的分离。

　　有关中国儿童文学严谨的史学研究，较早的重要文献是胡从经对晚清儿童文学翻译与创作的发掘。近30年来，儿童文学研究领域开始主动借鉴中国现当代文学研究成果，将儿童文学纳入中国文学整体研究框架中，确立了"成人本位""儿童本位""教育本位"的儿童观变迁史和"现实主义主潮"两大理论基础。这主要体现在三个方面。第一，儿童文学史梳理。王泉根、朱自强、曹文轩、刘绪源、吴其南等学者对两大理论基础的文学史整理和描述，对现代作家从理论到创作的史料研究，廓清了诸多曾被遮蔽的文学现象，确立起"现实主义主潮"的发展脉络。第二，从儿童观、童年想象等具体论题入手的历史挖掘和跨领域研究。吴翔宇、李利芳、王黎君、杜传坤等从儿童观的变迁对现当代儿童文学与国族想象的关联，以及刘绪源对战争题材儿童文学的准确分析等是较为重要的文献。尤其是对"童年"的跨领域研究极大地突破了传统理论模式，比如，从哲学（李利芳）、现代文学（谈凤霞）、报刊史（陈恩黎）、图像（张梅）、学校教育（张心科）等领域介入的童年研究。第三，由现代童年观延伸的当代"中国童年"和"中国式写作"研究。方卫平、赵霞、崔昕平、李学斌等学者对中国式童年的多样性，以及历史（战争）、现实和民族文化等"中国"内容的描述、提炼，为这一概念填充了具体、可感的内容。

尽管有关中国儿童文学的讨论已取得深入进展，但仍然出现的问题是：往往只关注儿童文学作品，忽略文学语境、作家整体创作（尤其是既创作成人文学，也创作儿童文学的作家）和儿童文学之间的紧密关联与区别。同时，以主题内容或语言形式分析为主，以社会变迁论定文学变迁的历程和意义，而缺少对百年中国儿童文学叙事探索的研究，这易遮蔽作家在叙事这一形式层面所传递的丰富含义。

中国儿童文学对西方学者而言，是作为"中国研究"的分支，较少受限于"儿童文学"学科，其一开始便被纳入中国现代文学的研究体系和理论话语中，尤其注重从近现代中国的民族性、意识形态等层面进行跨学科分析，这为国内研究提供了更为宽广的视野和方法，但同时也易形成泛政治化倾向。20 世纪 70 年代以来，有关该主题的论著虽不足百篇（部），但早在 70 年代就有 Swetz、Frank、Thomas A Zaniello 等人对连环画和文革文学产生研究兴趣。20 世纪 80 年代中期以后，华裔学者黄庆云《中国儿童文学概观》在美国《狮子与独角兽》发表，开启了迥异于西方学界认知的知识谱系和作家系列研究。此后,海外研究从20世纪整体家国变迁与儿童想象,以及各个历史阶段的具体文本解读两个方面进行了较为丰富的观察阐释。重要文献有 Kate Foster 的《中国文学与儿童:二十世纪后期中国小说中的儿童与童年》、Mary Ann Farquhar 的《现代中国儿童文学:从鲁迅到毛泽东》等,对中国文学繁杂多样的叙事策略、性别、阶层、民族等构建的社会身份下"中国童年"的解读十分有力。断代的文本细读主要以1949年至1978年间的儿童与文学为关注热点。如 Minjie Chen、Xu Xu 的文本研究,徐兰君对战争与儿童关系的考察,安德鲁·琼斯从发展主义角度解读中国儿童和童话等文本,这些论著提供了相当新颖的观点,是重新考察中国儿童文学叙事问题的极好借鉴。

作家对叙事的关注不仅是建构儿童文学自身独特性的需要,更是与读者达成对话的重要途径。文学叙事与儿童阅读的相互作用、儿童的阐释心理与接受机制,以及在建立在文本与儿童读者双向建构基础上的阅读促进策略,是文学理论和阅读理论共同关注的问题,也是国内正处于探索阶段的新领域。对西方的深入研究和反思再一次印证了从语言、文学到文化的东西方差异,也更凸显出百年来探寻儿童文学、儿童教育的中国道路的重要性。

儿童文学和儿童阅读的理论研究,将始终因为回应中国问题而具有长久价值。

# 目　录
## CONTENTS

**第一章　儿童文学叙事理论** ·················· 1

第一节　权力话语与儿童读者 ·················· 1

一、成人与儿童：权力如何生成 ·················· 2

二、"儿童文学"概念中的权力意识 ·················· 8

三、"儿童观"中的权力意识 ·················· 13

第二节　儿童文学的话语选择 ·················· 17

一、从现实作者到隐含作者 ·················· 17

二、隐含作者与儿童文学叙事 ·················· 20

第三节　儿童文学的叙事结构 ·················· 31

一、想象性关系的介入与叙事逻辑的形成 ·················· 32

二、叙事结构与话语标记 ·················· 36

三、叙事进程与读者阐释 ·················· 41

**第二章　中国儿童文学叙事探析** ·················· 51

第一节　现代儿童观与百年儿童文学叙事变革 ·················· 53

第二节　问题意识与叙事困境——再论叶圣陶《稻草人》………… 60

一、《稻草人》与小说创作的同质性 …………………… 63

二、《稻草人》的"问题"意识 …………………………… 67

三、《稻草人》的叙事法则与困境 ……………………… 75

四、结论 …………………………………………………… 82

第三节　当代"探索性作品"的叙事革新 ………………… 84

一、20世纪80年代儿童文学场域内的成人与儿童 …… 85

二、叙事语境中的成人与儿童 …………………………… 89

三、"探索性作品"的叙事特征 ………………………… 91

第四节　幻想与现实的互文——以北董幻想文学为例 ……… 100

一、"第二世界"的真实性……………………………… 101

二、"第二世界"的城乡叙事 …………………………… 106

三、有关时间的互文表达 ………………………………… 109

第三章　文学叙事的阅读与接受 ……………………………… 114

第一节 "残酷"叙事与儿童阅读 …………………………… 114

一、儿童阅读的心理机制：具象化与互文本性 ………… 115

二、儿童阅读的策略：游戏 ……………………………… 118

三、游戏中的"残酷"叙事——内在力量的释放 ……… 121

第二节　艺术、游戏与接受策略 …………………………… 124

一、儿童戏剧的游戏性 …………………………………… 125

二、艺术欣赏的策略 ……………………………………… 129

第四章　儿童阅读域外撷英——以英格兰为例 ……………… 132

第一节　儿童阅读教育的体系建构………………………… 132

一、分级阅读教学的依据和中心——国家课程标准 …………… 134

二、围绕国家课程标准的书目分级 ………………………… 150

三、小学课堂教学与分级阅读 …………………………… 168

四、启示 ……………………………………………… 179

第二节　儿童阅读推广的理论与实践 ………………………… 190

一、"夏季阅读挑战"的运行理念 ………………………… 191

二、"夏季阅读挑战"的活动方式 ………………………… 194

三、英国儿童阅读推广活动的启示 ……………………… 197

参考文献 ……………………………………………………… 204

后记 ………………………………………………………… 212

# 第一章

# 儿童文学叙事理论

## 第一节 权力话语与儿童读者

成人与儿童，是儿童文学存在的两极因素。作为成人作者想象理想童年模式、默认儿童成长道路的文学载体，儿童文学往往需要承担太多的责任和意义，而比其他文学样式更加强调文本功能和读者对象思维、年龄的选择。正如一位儿童文学理论者在思考儿童书的创作取向时认为，"儿童书最受影响的因素要算社会对儿童所扮演的角色的概念：儿童应学什么和怎样学、儿童的责任和权益，以及儿童读物应有的内容。儿童读物的内容往往受大人影响而决定不能容纳些什么"。"儿童文学作者永远面对应该写什么、应该不写什么和应该必写什么的矛盾。"[1]

---

[1] 此句摘自 1989 年 3 月 24—25 日"儿童文学研讨会"提交论文《罗尔德·达尔：儿童的选择》。作者是严吴婵霞。作者在讨论英国儿童文学作家罗尔德·达尔创作的同时，对儿童文学与时代价值观的变迁关系做了深入思考。

这是有关儿童文学较为普遍的思考。如果将儿童文学的作者与读者看作"言说者"和"听者",那么文本即是二者交流的成果,成人期望通过文学阐释儿童世界,并将儿童塑造成符合规范的社会化的人;儿童也期望通过文本体验更多不熟知的人生经验。从这个意义上说,儿童文学文本就是成人与儿童、作者与读者之间一种特殊的对话。文本让我们看到了"说"(叙事)的内容,但为什么这样"说"(叙事)、"说"的隐含意义以及为什么会"听"(接受),则必须深入考察作者与读者背后的关系,而这正是决定对话内容的重要因素。

由此可见,成人如何看待儿童、如何建构与儿童的关系直接决定了文本的叙事内容和叙事方式。

**一、成人与儿童:权力如何生成**

从儿童文学产生时起,我们就不得不思考如下问题:谁在界定"儿童文学",界定的依据和内涵分别是什么?

(一)"童年"的意义

波兹曼认为,媒体不仅仅是一种信息传播的工具,它甚至就是信息本身。活字印刷术导致一个全新的成年世界产生,也导致儿童被驱赶到了成年世界之外,单独构成了自己的世界。① 波兹曼所谓儿童"自己的世界"的构建时间正是 15 世纪中叶,西方刚进入文艺复兴时期,"儿童"作为"人"的组成部分受到积极关注。18 世纪

---

① 〔美〕尼尔·波兹曼. 童年的消逝 [M]. 吴燕莛,译. 桂林:广西师范大学出版社,2011:115.

工业革命以后，随着现代学校教育和核心小家庭的兴起，现代意义上的"童年"概念建立起来。这一概念将童年视为区别于成人复杂生活的纯真阶段，以对立的"二分法"思路将"童年"定义为自然、单纯、非道德、非社会的成长中的个体，而"成人"则是对应的另一个极端。从"童年"到"成年"，便成为从低级走向高级的"固定的线性发展模式"①。

奠定在生物学、医学和其他自然科学基础上的早期儿童心理学，从科学的角度强化了现代"儿童"概念的合法性，也催生出儿童"社会化过程"的绝对论研究模式，即认为"社会规约儿童"。"规约的含义是儿童由社会接管，经过训练，最终成为能力强干、能为社会贡献力量的社会成员。"②"现代童年概念"一方面突出了"儿童"及"童年"的特殊性，另一方面也将"儿童"置于被定义和被改造的境地。

然而福柯认为，真理体制恰恰是权力运作的一个前提条件和重要产物。一方面，这种真理体制为权力运作提供了必要的知识；另一方面，真理体制还使人们自觉接受了权力运作的状态，而将其看作是理所当然的事情，它是权力合法性的根源。③ 研究儿童的科学作为真理体制的一种，导致成人和儿童之间形成权力关系是毋庸置疑的。

---

① 林兰. 论现代童年概念的内涵、缘起与局限 [J]. 华东师范大学学报（教育科学版），2015（4）.

② 〔美〕威廉·科萨罗. 童年社会学 [M]. 张蓝予，译. 哈尔滨：黑龙江出版集团/黑龙江教育出版社，2016：7.

③ 杨善华. 当代西方社会学理论 [M]. 北京：北京大学出版社，1999：393.

首先，科学研究的掌控者是成人，被研究对象是儿童。在被研究中，儿童的发言必须在成人研究者制定的范围内进行，否则会视为无效的研究信息。如对各年龄阶段儿童语言能力、认知能力、数学能力、运动能力、儿童游戏等诸多领域的探讨，每一次学科的再细分都会使研究变得更为精细和微型化，而忽略了人之所以为"人"的整体性的心灵状态和人文思考。而此时儿童并没有反抗的机会和能力，他们的心灵世界只能在研究者成百上千次的失败后才被解开小小的一角。

皮亚杰的研究就是成人对儿童实施研究权力的一个实例。他一生60余年用自创的临床法系统地研究了儿童认知的发展，将儿童成长分为四大阶段：感知运算阶段、前运算阶段、具体运算阶段、形式运算阶段。皮亚杰的临床法最初是与儿童进行交谈，后来发展为以口头提问为主，辅之以摆弄实物，即儿童参与了游戏的自然状态。最后发展为以摆弄实物为主，辅之以口头提问，让儿童完全处在自然放松的生活情景中接受研究，以得出客观的结论。

这种尽量科学、客观的研究方法使其他儿童心理发展研究者纷纷效仿，认为找到了接近儿童心理世界的最科学的方法。但20世纪60年代以后，皮亚杰的儿童发展阶段论受到质疑，很多研究者认为皮亚杰低估了儿童的认知能力，进而使划分阶段的依据存在问题。而这些质疑又是由皮亚杰的研究方法——谈话结合试验的临床法产生的。《儿童认知发展理论——一种新皮亚杰学派观》一书认为，儿童与外界的交流、交际和交往方式与成人大不相同，皮亚杰没有看到这一点，而用口头交谈的方式与儿童对话，带有太多成人式的主观性。研究者力图设计试验以确立儿童知道些什么，但儿童并不会认识到这些，也不像在交际中富有经验的成人那样，能够认识到不同形式的询问中所包含的言外之意。因而未能正确反映儿童的认知能力，才导致低估了儿童的能力。①

著名的儿童哲学研究者马修斯更是对皮亚杰理论提出了批判性意见。马修斯从对儿童哲学思维的观察中认为，皮亚杰与儿童的对话实验中恰恰忽略了他们"最有趣味、最为吸引人的哲学评论"，儿童对"思考、意义、生命、意识"等众多事物感兴趣，而这些都被皮亚杰当作不具有普遍性的"虚构的答案"被否定掉。②

皮亚杰理论的发展说明，儿童研究的确立实际上是在成人世界里进行的，受到其研究体制、观念选择、经济发展、科技进步的影响，同时又被成人世界认同、批判，并进一步强化着"科学"和"真理"的权威性，成为研究和进入儿童世界的重要依据。

（二）儿童与成人的现代关系

当科学索然无味地对人四分五裂的结构解析遭到质疑后，人文性的想象性研究似乎可以弥补科学研究的不足。从洛克、卢梭、杜

---

① 〔英〕迈克尔·西戈，（中）张立新. 儿童认知发展研究——一种新的皮亚杰学派观〔M〕. 成都：四川教育出版社，1999：1. 加拿大儿童文学理论家培利·诺德曼也在《阅读儿童文学的乐趣》中指出，皮亚杰的偏见是"知识上的，也是文化上的；它们假定科学化的思维才是心智成就的极致"，将儿童的实际表现与潜力混为一团。他同时引用另一位理论家布里夫的观点："看着皮亚杰那些揭示着实际经验结果的草稿，你不会相信他在挑选符合逻辑的因素时，竟然没顾到情绪、感受、社会文化，以及语言的因素。也因此，很多可能的解释从一开始就被排除了。"（阅读儿童文学的乐趣〔M〕. 刘凤芯，译. 台北：台湾天卫文化图书有限公司，2001：101.）

② 〔美〕加雷斯·马修斯. 哲学与幼童〔M〕. 陈国容，译，蒋永宜，校译. 北京：生活·读书·求知三联书店，2015：56.

威、浪漫派诗人到现代人文学科对儿童世界的探讨，都侧重于对儿童心灵、情感、生活等方面的关注，如儿童教育学、儿童文化学、儿童哲学，这在很大程度上还原了儿童世界应有的丰富性和复杂性。然而人文学科对研究问题形而上的想象性研究方式，使其对研究方法和实际经验材料缺少足够的重视，研究者的理论依据常常是直接借用自然科学和社会科学的研究成果（如心理学、社会学、人类学、民俗学、传播学等）。因此人文学科对儿童的研究有时是在儿童缺席的状况下进行的，研究的权力依然掌握在成人手里。

当自然科学和人文科学共同构建了"科学"和"真理"的体制大厦后，成人和儿童之间"说"与"被说"的权力关系便取得了合法化的地位。

其次，成人之所以能取得研究和言说"儿童"的权力，在于成人对"合法化"知识的占有。知识与权力密切相关。福柯在《知识考古学》中详细论证了科学、知识和话语的关系，他这样界定"知识"："这个由某种话语实践按其规则构成的并成为某门科学的建立所不可缺少的成分整体，尽管它们并不是必然会产生科学，我们可以称之为知识。""知识不只是被界限在论证中，它还可以被界限在故事、思考、叙述、行政制度和政治决策中。"① 也就是说，知识是能够经历反复话语实践的空间；即长期经验的总结，被称为知识的东西可以形成严密的科学，也可以是促成科学建立的某些边缘化的成分。科学只是知识的一部分，每一个领域都能形成自己的话语实

---

① 〔法〕米歇尔·福柯. 知识考古学 [M]. 谢强，马月，译. 北京：生活·读书·新知三联书店，2003：203-204.

践，在文学故事、叙述中可以经历反复实践的经验成分，也含有"知识"意义。

这样看来，在文学领域，知识的表现形式就是在语言、文字、书写、表达（口头形式或书面形式）等方面的资本获得，这样的知识才具有"合法化"的使用效力，才能得到制度的认可。只有掌握了被认可的"合法化"知识，行为者才获得了进入文学领域的资格，而学校教育、文凭、出版、评论制度的确立使成人在知识的获得上取得了绝对优势。成人在这种制度规范下，因为拥有各个领域的大量知识和经验而在文学领域中占据主要地位，同时为了确立自己相对于儿童的优势地位，成人又会借助权力加强规范的权威性。

正因为如此，福柯认为，知识话语中包含有意识形态内容，是一整套文化规范、社会制度确立了什么是知识、什么不是知识。这一点至关重要。比如，在儿童的社会化成长过程中，教科书和学校知识、文学经典、文化传统、成人界定的道德伦理规范等是需要学习的"合法化知识"，在儿童教育制度规定范围以外的知识，则对儿童不具有"合法性"，如政治、宗教、军事、健康教育之外的性，同时也包括教育认为"无意义"的某些儿童生活内容，如游戏、幻想、早期哲学式的思考等。儿童即使在非"合法性"知识方面获得的经验再多，也不能在文学领域内拥有言说的权力。于是学校将儿童生活分为"课内"和"课外"，"课内"知识掌握越多，就越有可能将来在成人控制的制度规范中获得一席之地，而"课外"知识只能作为辅助性内容。但在现实中，儿童往往对课外的"非合法性"知识更感兴趣，尤其是对各个游戏领域的痴迷，如电脑、航模、军事、时尚以及教科书之外的文学，儿童常常在很多方面表现出令成人大为震惊和威胁的才能，而此时成人为坚固自己的控制地位而进行的权力运作便显而易见了，如通过纪律、奖惩制度、话语鼓动等方式宣布某些知识不具有"合法性"而加以限制、禁止或有意忽略（如成人对儿童无数个"为什么"问题的忽视）。

　　成人在自定的"合法化"与"非合法化"知识的规则中，保障了自身对"合法化"知识的绝对占有，也因而掌握了"言说"儿童的权力。这种权力又在反复的言说中得到强化，直到成为儿童文学叙事语境中的必然因素而内化到每一个行动者的精神深处。权力便在这种真理体制中得到"合法化"的承认。

## 二、"儿童文学"概念中的权力意识

　　在儿童文学的叙事语境中，言说的权力首先表现为对概念的区分和界定，这是确立文本叙事规范的前提。

　　对"儿童文学"① 概念的讨论，是儿童文学文本形成的首要因素，国内外研究者都试图找到最客观合理的论述。日本关英雄认为，"所谓儿童文学，一般地说，是成年人为儿童所写的文学作品"，"由于儿童的心性所追求的，常常是向往光明的理想正义的事物，因此，任何流派的儿童文学，都应是理想主义的文学"。国分一太郎的定义为："所谓儿童文学，是指成年人强烈地意识到为儿童阅读所创作的一切文学作品。"上笙一郎用一句话概括："儿童文学，是以通过其作品的文学价值将儿童培育引导成为健全的社会一员为最终目

---

　　① 本文讨论的"儿童文学"以成人专为儿童创作的文本为主。

的，是成年人适应儿童读者的发育阶段而创造的文学。"① 坪田让治："儿童文学是为儿童而写的文学，虽然儿童们自己写的作文或童诗也是的，但还是以成人写给儿童们的童话、童诗、小说为主。"② 国内儿童文学教科书界定为："儿童文学是那些与各年龄阶段儿童的心理发展水平及阅读能力相适应的各类文学作品的总称，它包括幼儿文学、童年文学（狭义的儿童文学）与少年文学三个层次，其中以小学阶段的儿童为读者对象而创作的童年文学是儿童文学的主体和核心。"③

从这些对"儿童文学"本质主义的基本一致的探讨中，至少包含以下信息：

（1）儿童文学是特殊的文学样式，作者和读者的特质被特别突出（而在成人文学的各种文学样式中从不会强调"成人作者"或"成人读者"，可见"文学"已被约定俗成地认为是以成人文学为主流形态，儿童文学只是其中一部分，因此才需要特别说明）；

（2）儿童文学的主要文本是成人创作的，儿童自己的创作作品不在其内或只占极少数，至于其中哪些文本可以归为"儿童文学"一类，需要参照成人制定的文学标准；

（3）儿童文学的阅读对象是儿童；

（4）定义中最重要的内容即关于儿童文学的创作目的和主要作用在于帮助儿童实现社会化。这直接决定了儿童文学的体裁、题材、

---

① 以上引自〔日〕上笙一郎. 儿童文学引论［M］. 郎樱，徐效民，译. 成都：四川少年儿童出版社，1983：2 - 3.

② 洪讯涛. 童话学（讲稿）［M］. 合肥：安徽少年儿童出版社，1986：5.

③ 蒋风. 儿童文学原理［M］. 合肥：安徽教育出版社，1998：26.

内容、风格等。

由此可以看出，"儿童文学"的定义是"童年""二分法"思维逻辑的又一次体现①，即"成年"是道德的、完美的、经验丰富的，"童年"是非道德的、缺陷的、非社会的。这种从"低"到"高"、从"简单"到"复杂"的线性发展的童年成长理论带有早期心理学中的进化论色彩，以此来定义的"儿童文学"凸显出"儿童"无法在场的权力关系。

此时，"儿童文学"又是一个责任（或权力）和权利明晰的概念：成人通过文学形式有引导儿童成长的责任或权力，儿童有被接受引导并阅读成人提供的专门文学（无论兴趣与否、作品是否反映自己内心真实性）的权利，而其中的理论依据正是儿童心理学、儿童教育学或精神分析、人类学等学科对儿童心理和思维的科学结论。其潜在的话语含义是：儿童文学和"儿童"一样，是被成人研究、言说和掌控的对象；儿童文学虽然以展现儿童世界为主，但由于成人作者早已走出童年世界，因而作品会比别的文学带有更多对读者对象的想象因素，而这种想象就是以成人意识形态为主要特征的。因为科学表明儿童的身体、智力、心理、情感都处于成长阶段，而成长的目标就是成为完全社会化的成人，因此已经是成人的作者理所当然需要肩负起教育引导的责任，以帮助儿童更快地走出童年。而在"儿童文学"定义中重要的另一极——儿童，显然一直处于被

---

① "新童年社会学"研究者埃里森·詹姆士与艾伦·普劳特在对以发展心理学和社会化理论为代表的童年研究进行剖析时就指出，长期以来童年研究的思路都深受现代"二分法"的影响。〔英〕艾伦.普劳特.童年的未来——对儿童的跨学科研究[M].华桦，译.上海：上海社会科学出版社，2014：9.

描述、被写作、被教育的位置。

但这种带有明确权力色彩的概念表述很容易遭遇一个现实问题：儿童创作的作品（即一直被成人界定的年龄界限——18 岁以下的少年儿童创作）应该如何归属呢？大多数研究者都认为，儿童因为思维、情感、语言、书写能力的弱势而难以表现成熟的价值观和稳定的审美趣味，因而只有一部分儿童自己的作品能够算作真正意义上的儿童文学，如骆宾王的古诗、田晓菲的现代诗或一些儿童写作的童话等，其评价的依据即是参照成人制定的文学规则。然而，20 世纪 90 年代中后期以来，国内少儿写作、少儿出书的现象已经形成了一个数量较多的群体，而不得不引起成人世界的震惊和重视。作者年龄不仅越来越小（甚至才刚刚进入童年期，完全是传统意义上的"儿童"），而且大多数写作都选择了小说这一典型叙事体裁（而非成人想象中本应属于儿童的童话、诗歌等天真幻想型写作），更重要的是叙事内容越来越多地表现为反叛童年生活、学校教育，甚至直接对成人世界进行叛逆性讽刺和调侃，同时在叙事技巧上表现出来的熟练也并不亚于成人文学。①

---

① 在"80 后"和"90 后"的早慧作者中，从陈朗的《灵魂出窍》、肖铁的《转校生》、刘晴的《花瓣背后》、郁秀的《花季·雨季》等一群十六七岁的中学生"自画青春"开始，到蒋方舟分别在 9 岁和 12 岁写作小说《打开天窗》《"正在发育"》、9 岁张蒙蒙的《告诉你，我不笨》，再到 6 岁窦蔻的《豆蔻流浪记》，作者年龄已从"少年"走向了"儿童"。如今，"00 后"作者群也已悄然登场。比如出生于 2000 年的尹晓龙写作长篇小说《东墙》，同年出生的朱夏妮出版诗集《初二七班》和长篇小说《初三七班》等。在作品内容上，几岁和十几岁的作者们纷纷表现出少年老成的早熟姿态，或愤怒地叛逆学校制度与教育规范，如谷阳的《不及格》、东阳的《择校生》等；或尖刻冷漠地调侃成人世界，如韩寒的《三重门》、蒋方舟的《"正在发育"》等，而且在叙事方式上显现出惊人的娴熟和圆滑。

面对这一群社会化程度早早到来的"文学少年""文学儿童"的作品，成人明显觉察到自身权力地位在文学领域内的威胁，一旦对文化资本的掌握不再占优势，就有可能滑落曾经的权威。于是成人将这一"威胁性"的写作现象依然放入体制化的权力——教育制度（而非"文学"）之内来考察，而更多关注于"应不应该"的问题。① 这样，"少儿"写作便成为另类的、边缘的、难以界定的文学样式，它们既不能叫作成人文学，也不被归入儿童文学，更不是一种流派，而是成为无法命名的群体。

在这个新产生的文学现象里，儿童试图发声，他们要改变长期被言说、被界定的局面，而通过自己言说自己的方式证明存在的价值。儿童在市场和成人出版、评论的配合下似乎取得了部分言说的权力，可以恣意纵横、狂放叛逆地表达自己对生活的独特思考。但透过现象便发现，这种表面上的众声喧哗实际上正是成人世界操纵和利益驱动的结果，而同时少儿作者也正在为迎合成人世界、企图进入主流话语而努力，"写小说并寻求出版的行为本身，就意味着对话语权威的追求：这是一种为了获得听众，赢得尊敬和赞同，建立影响的企求"②。少儿作者的天才能力和生活世界在"说"与"被说"的合谋中沉沦，其结果是进一步强化了成人世界的主流地位，成人用排斥归类和"非文学性"讨论的方式显示着权力。

---

① 众多成人作家、评论家纷纷在《中华读书报》《北京青年报》等媒体上对这一现象加以探讨，普遍将低龄化写作与素质教育相联系，或者认为他们的叛逆性思考和自由言说正是素质教育的体现，或者认为如此早熟的写作使童年失去了应有的纯真和幻想，从中明显看出成人对当代儿童"童年消逝"的焦虑。

② 〔美〕苏珊·兰瑟. 虚构的权威——女性作家与叙事声音 [M]. 黄必康，译. 北京：北京大学出版社，2002：6.

### 三、"儿童观"中的权力意识

成人与儿童关系中的核心问题即是"儿童观"的确定，即成人如何看待和想象儿童。在认定叙事文本是否为"儿童文学"的文类归属后，儿童观的差异则形成了儿童文学文本的具体叙事方式以及意识形态观念。在成人与儿童构成的社会关系中，成人对儿童的看法和界定（即儿童观），以及由此引发的种种想象、假设和言说权力就是一种意识形态①，它维系着成人与儿童间的社会秩序，为儿童的成长制定规范。同时，这种意识形态也决定着儿童文学的叙事方式，而虚构性的文学又是将儿童读者纳入意识形态体系中的有效方式。

儿童文学理论家王泉根教授认为，成人如何看待和对待儿童，即是成人心中的"儿童观"，"成年人持有什么样的儿童观，不但直接决定着少年儿童的社会地位和对他们的人格独立性、自主性、自尊心、自信心的尊重与理解，而且也决定着儿童文学的发生、发展，决定着儿童文学的创作思想、美学追求、表现形式乃至用词造句等。

---

① 意识形态是"一种信仰体系，通过这种体系我们感知世界，没有它们，社会生活将无法进行"。"所有的发展路线都是由意识形态建构出来的，其中包括服从社会典范。"（John Stephens，*Language and Ideology in Children's Literature*，Longman Group UK Limited 1992，P9.）简单地说，意识形态就是看待世界的观念，它指导我们了解自我和身处的位置。同时，意识形态又是难以觉察的"明显的真理"，常常内化到自我意识和感知经验中。在文学叙事中，"意识形态是一种观众以不直接的方式，将故事内容作为世界中事件的表征：即使故事的全部或部分是不可能真的存在于现实中。而叙事序列和角色的内在联系亦按读者可理解的形式来塑性，并且此塑性过程的本身即表达了意识形态，诚如它蕴含着有关人类存在形式的假设"。（John Stephens，转引自培利·诺德曼. 阅读儿童文学的乐趣［M］. 刘凤芯，译. 台北：台湾天卫文化图书有限公司，2001：115. ）

从某种意义上说，一部儿童文学发展史，就是成年人‘儿童观’的演变史。有什么样的‘儿童观’，就有什么样的儿童命运、地位、权利，也就有什么样的儿童文学艺术精神与美学品格”①。由此可见，儿童文学文本其实是"儿童观"的产物，而"儿童观"表现的正是成人如何通过对"儿童"和"童年"的描述来调整自己权力的运作方式。

联合国儿童权利公约规定，儿童与成人的年龄分界线是 18 岁，因而儿童文学的读者对象定位为 0—18 岁的少年儿童。"儿童"以及现代"童年"观念的界定，很显然依旧出自成人世界科学理论的发展和不同历史时期社会规范的建立，"儿童"是否存在，完全取决于成人对自我的认识程度和对"他者"的想象。究其原因，大致分为两点。

其一，界定儿童，同时是在界定成人自己。皮亚杰的发展阶段论认为，思维是以一种不断演进的方式获得发展，后来的发展阶段总是比以前的阶段要先进。儿童的思维发展就是这样，运动思维及前运算阶段是低级阶段，而只有到达抽象思维和理性推理阶段，才表明思维走向成熟，成为进入成人世界的预备。皮亚杰的理论影响了埃里克森的心理发展理论和科尔伯格的道德发展理论。于是，整个儿童世界被描述为心理、思维从具象到抽象的成长过程，在未进入成人世界以前，儿童从总体上来说是弱小的，智力发展水平低下、逻辑思维能力缺乏、好奇心强、感性冲动、情感脆弱等。而儿童的这些特质，正是为了界定儿童成长的最终目标——成人世界自身，

---

① 　王泉根. 儿童文学的审美指令［M］. 武汉：湖北少年儿童出版社，1991：80.

"如果我们总是从孩子和我们大人所做的有何不同来解释孩子所做的，松恩说，那么我们'投射在小婴儿与孩子身上的，便和大人所赞赏的特质相反。我们重视独立，而定义孩子是依赖的；社会化的任务就是要鼓励独立——大人以一种统治和自我定义的意识形态化过程，利用孩子来定义自己，就和男人定义女人，以及殖民者定义他们所殖民的人为'他者'类似的方法'"①。

也就是说，成人已经将自己看作理所当然的中心，通过定义位于对立面的"他者"——儿童的方式，也定义了自身：儿童无知单纯，成人则成熟复杂；儿童野蛮感性，成人则文明理性；儿童脆弱、理解力有限，成人则坚强、知识丰富无所不能……所以成人有权以自我为中心界定自己以外的"他者"，同时又在不自觉中构筑了成人的自我形象，并且通过话语权力强化"他者"眼中的成人形象。

其二，界定儿童，也使成人重新确立了社会秩序和权力关系。儿童与童年的发现显示出一个特殊群体的存在，成人开始考虑自身与儿童之间新的存在关系。既然成熟的社会化是儿童发展的最终目标和生存目的，童年则存在于每个人曾经的生命中。对于一个已经远去而且不可能再回去的陌生世界，解读的方式只有假设与想象。儿童世界逐渐被认识到的种种神秘和难以接近使成人增加了想象对方的兴趣，同时科学又为这种假设提供了众多依据以证明其正确性，如关于儿童生理上的弱势、心理发展的低水平、童年的困惑和幻想等。在想象儿童和科学论证的基础上，成人与儿童确立了教育与被

---

① 〔加〕培利·诺德曼. 阅读儿童文学的乐趣〔M〕. 刘凤芯，译. 台北：台湾天卫文化图书有限公司，2001：103.

教育、言说与被言说的权力关系，成人与儿童的对话与交往方式开始变化。

当科学更加强化成人对这种思考模式的接受，并视之为常态时，成人想象儿童的方式也不同以往。"我们会把其他的——特别是童年当中，那些我们曾经拥有并相信自己已经成长超越了的——都看成混乱和带有威胁性。为了不让自己知道这种混乱，我们就建构出去掉了所有具威胁性的童年意向；事实上，金赛断定我们把孩子气看作是'一种纯洁，一种一无所有和一种毫无内涵，无能为力——不为任何必要的理由所牵绊，一种可以按照我们所喜欢的方式去建构的、亦即称作孩童式的那种空白状态'。"①

如此看来，儿童生命中自然的童年状态与成人所界定的"童年"并不完全相同，而后者正是包含有太多成人想象和意识形态因素在内的。于是，成人确立了各种知识的学习、话语规范、文学写作方式，并用教育制度、奖惩制度、真理体制等权力运作方式强化成人话语的权威。儿童文学便成为构建成人对儿童与童年的想象，并使儿童认同自我、接受这种想象的文本。

①　〔加〕培利·诺德曼. 阅读儿童文学的乐趣［M］. 刘凤芯，译. 台北：台湾天卫文化图书有限公司，2001：103－104.

## 第二节  儿童文学的话语选择

话语既是社会学，又是叙事学的重要概念，文学中的"话语"与虚构的交流行为——叙事有关。叙事学理论讨论的话语概念主要与"故事"（即内容）相对，包括词汇、句法、表达顺序、叙述声音等叙事形式方面的因素。文本的意义，源于故事和叙事话语这两个层次的相互作用。

儿童文学的"话语"特点，在以往的研究中往往从一种感受出发被界定为"童趣"或"浅易"，而较少从叙事学角度深入讨论"叙事话语"的复杂性，也难以解释作为成人的作者是怎样将社会话语转化为了儿童读者接受的叙事话语。而什么样的话语为什么和怎样进入文本，以及选择怎样的叙事方式来讲述故事，首先关注的是从现实作者到文本隐含作者的转变，隐含作者的功能是将儿童文学场域中的他人话语有选择地移植到文本，建构出多样而复杂的叙事话语，进而决定了儿童文学的独特性和文本意义。

### 一、从现实作者到隐含作者

美国小说理论家 W．C．布斯认为，作者进入文本创作时不再是现实中的他自己，而成为进入审美状态的"隐含的作者"（也称"第二自我"）。需要识别"隐含作者"的原因，在于"无论在生活的哪一方面，只要我们说话或写东西，我们就会隐含我们的某种自我形象，而在其他场合我们则会以不尽相同的其他各种面貌出现"。
"有血有肉的作者创造出来的隐含作者，会有意无意地渴望我们以评论的眼光进入其位置。这些隐含作者通常都大大超越了日常生活中有血有肉的作者。"①　"他"既不是文本外的现实作者，也不是文本内的叙事者或人物，而是代表作者存在于文本内，控制整个文本叙事。也就是说，隐含作者没有声音，但文本中无处不在，"他"忠实地传达作者的思想，并且"在作品整体里起支配作用的意识，也是作品里所体现的思想标准的根源"②。"他"带着作者的意识形态控制整个文本，包括语言、情感、文本价值观，以及为此采用的各种叙事技巧，通过整体结构，借助所有声音，无时无刻不显示"他"的存在。于是无论叙事如何复杂，文本总能找到一个价值支点，意义由此生成。

在儿童文学创作中，成人作者与儿童读者言说方式的差异使隐含作者表现出与成人文学不同的心理特质，"他"需要抹去成人的部分面貌，追寻自我深藏的童年成分，但同时又不得不忠实地代表现实作者，承载场域中作者与儿童间复杂的对话关系，以使文本叙事时时刻刻体现出作者的声音。

早已走出童年世界的成人不可能再还原儿童心态去创作，但文本必须让儿童接受，这使得确立隐含作者的心理特质具有相当的难

① 〔美〕韦恩·C. 布斯. 隐含作者的复活：为何要操心？〔C〕// 〔美〕James Phe-lan, Peter J. Rabinowitz. 当代叙事理论指南. 申丹，等译. 北京：北京大学出版社，2007：66 – 67.
② 〔以色列〕里蒙·凯南. 叙事虚构作品〔M〕. 姚锦清，黄虹伟，傅浩，于振邦，译. 北京：生活·读书·新知三联书店，1987：156.

度。理论家们认为，优秀的儿童文学作家都是具有深刻的儿童情结的成人。美国学者马修斯从哲学的角度观察作家，他认为"小说作家，尤其是儿童小说作家的写作动机是复杂的"，"全部或大部分儿童故事作者的写作动机，比其他类型的小说作者更复杂或更值得怀疑。""怎么可能会有成人完全像儿童一样欣赏的那种书呢？人们会设想，这种情况发生的唯一途径就是这本书能让成人沉迷于怀念更早更天真的生命。如果这是对的，那么，一本好的儿童读物为了另一种理由就不得不'诓骗'读者，不得不鼓励读者假想：他们又变成了儿童。"① 马修斯所说的"'诓骗'读者"的方法，其实体现的就是隐含作者的复杂性。

同样的思考早在周作人有关童话的系列论述中也有体现。他在反复比较王尔德、安徒生与卡洛尔的童话后得出结论：真正优秀的儿童文学作家既是"诗人"（指保存作家创作个性），又是永久的孩子（即保持童心或赤子之心）。②

传播学与接受美学把作品当作交流的中介，但从心理学看，作者与读者对话需要的是心理中介。巴赫金认为作者通常在意识中将自己分裂为两个自我，一个代表自己，一个代表读者，即具有内心话语的复调性，两种话语互相碰撞，产生第三种声音，它毫无疑问属于隐含作者：既为自己说话，又为读者说话，但并非二者的简单叠加。因此，文本叙事中作者与读者的对话关系实际上是隐在和内

① 〔美〕加雷斯·B. 马修斯. 童年哲学［M］. 刘晓东，译. 北京：生活·读书·新知三联书店，2015：141-142.
② 周作人在《阿丽思漫游奇境记》和《王尔德童话》等童话评论和研究中文章中多次提出该观点。

部进行的。儿童文学文本的隐含作者，其声音包含了说者（成人作者）和听者（儿童读者）的双重话语，这本身便具有了对话的性质。

## 二、隐含作者与儿童文学叙事

（一）隐含作者对"他人话语"的选择

巴赫金将进入文学的社会话语称为文本的"社会基音"，作家个性与流派在文体中的表现为"泛音"，即社会基音的变体，"泛音"不能与话语的基本社会生活道路相脱离。[①] 他人话语进入文本所形成的"泛音"便造成了叙事的多种对话和复调，而从现实作者到隐含作者，是存在于社会文化语境和叙事语境中的他人话语影响文本叙事的关键途径。

巴赫金认为他人话语是在社会性语言之上建立起来的他人个性话语和思想意识，如社会方言、职业行话、权威话语、流派语言、成人语言、社会政治语言等，每个人使用的语言都包含他人的声音，每个人的语境都吸收了他人语境的语言，每个人接收到的话语也都来自他人的声音。在儿童文学场域中，行动的主要群体是成人与儿童，于是"他人话语"中不仅含有巴赫金所归纳的话语成分，而且还包括成人话语和儿童话语的融合：文本话语发出者是成人作者，话语对象为儿童，在这组话语形态中成人占据言说的权力地位，这使得成人借用儿童话语来言说儿童或自己心灵世界的特点更加明显。

---

① 董小英. 再登巴比伦塔——巴赫金与对话理论［M］. 北京：生活·读书·新知三联书店，1994：23.

在能够进入文本叙事的这种"他人话语"中，成人与儿童之间的权力关系得到了明显的体现，比如对儿童某些质朴、纯真语言的选择早已超出了儿童生活语言本身的单纯性，而会蕴含有成人对文本叙事技巧的考虑以及意识形态内涵，这使每一句话语本身都会隐藏相当多的信息内容。

语言是话语被说出的部分，也是文本叙事话语的载体，话语的种种特征只能通过语言反映出来，而对儿童文学语言的选择深刻体现了成人对儿童的想象关系。

儿童心理学的科学研究论证了儿童从牙牙学语到完全掌握语言技能的过程，并按年龄段分层。比如，从单音节语气词、单词的叠加到双音节的运用，从对辅音的偏爱到元音和辅音的连续运用，从一个动词到两三个字组成的词组，从几个字的句子到了解多个字排列的语法顺序等，科学实验力图从语言的学习中解释儿童大脑发育的奥秘，同时为作者选择创作语言提供了依据。于是成人利用符号任意性原则创造了语言，这种语言在灌输给儿童的过程中，结合其接受特点，成人与儿童便共同制造了儿童语言。当儿童作为他者世界成为被关注的对象时，其语言也被界定为具有不同于成人世界特征的话语部分，并将其纳入可能进入儿童文学叙事的范围。

很多儿童文学（尤其是幼儿文学）作家和评论家都十分在意文本语言的"儿童性""启蒙性"和"儿童情趣"，汤锐根据儿童心理学分析儿童语态的特点就是相当有代表性的观点。"一方面，由于儿童生理心理发育尚不够成熟，第二信号系统正逐步发展起来，心理过程相对简单肤浅，因此其词汇量较之于成人相对较少，其句式较之于成人相对简单，其修辞手段较之于成人相对不够丰富，因此其语态较之于成人相对来说显露出某种稚气、单纯；另一方面，由于儿童的言语句式较短、词汇简单，没有过于冗长过于繁复的修饰成分，因而在言语节奏上比较明快，显示出一种单纯明朗和勃勃生气……"①

因而儿童文学语言便被成人界定为单纯、稚朴、向上，充满浪漫特色，以此切合儿童心理。这样能够进入儿童文学叙事的"他人话语"便体现为成人话语下的儿童特性语言，每一个语汇和经典用词都精心包含着作者欲传达的意义内涵。成人将符合这种"规范"的社会话语（或者因改变而符合的生活语言）提炼给隐含作者，组织成文本语言。

儿童文学作家金波的创作以唯美抒情著称，无论儿童诗还是幼儿童话，几乎所有体裁的作品都建立在诗歌意境深远、语言精致、意蕴悠长的美感享受上。给孩子"灵性"和"美感"是作者的创作目的，其语言的选择和移入都无不体现出作者的儿童观。

在童话《雨人》中，作者赋予跳动的雨滴以生命，将其变为一个个鲜活歌唱的"雨人"：

还有许多雨人跳到草坪上，先是落在尖细的草叶上，然后像滑

---

① 汤锐. 现代儿童文学本体论［M］. 南京：江苏少年儿童出版社，1995：200. 随着儿童语言研究的深入，不少学者提出儿童并不是成人想象中的简单和肤浅状态，他们的语言具有修辞性和艺术性特点，儿童对世界自有一种独特的美感体验。比如，挪威的让－罗尔·布约克沃尔德的《本能的缪斯——激活潜在的艺术灵性》中对儿童与生俱来的以节奏、韵律为表征的创造力量的赞赏，郑荔对幼儿修辞语言的研究和肯定（《学前儿童修辞语言特征研究》），朱自强对"儿童审美能力处于低水平"这一普遍认识的质疑等。

滑梯似的滑进了草坪。草坪更绿了。

还有许多雨人攀上一棵棵小树，先是挂在嫩嫩的树枝上荡来荡去，像是荡秋千；有的躲在一片绿叶下面，像躲在一张绿色的小帐篷里捉迷藏。然后就从树上顺着树干滑下来，钻进树根，不见了。

他们真的去浇灌了许多绿色的生命。雨人带给这世界一个绿色的梦。

啊，快乐的雨人！当许许多多雨人会合在一起，这世界变得生机勃勃。

文本选择的"他人话语"包含哪些内容呢？首先是关于儿童游戏的成分：滑滑梯、荡秋千、捉迷藏；描述儿童游戏的动词：跳、滑进、攀上、荡来荡去、躲、钻进；以及儿童的口语词汇：一棵棵、嫩嫩的。这是儿童熟知喜爱的生活场景和话语方式，也可以说来源于童年的自然状态。然后是成人习惯采用的书面词汇：浇灌、生命、绿色的梦、啊、会合、生机勃勃。

深谙儿童情趣和美学规律的隐含作者将这两种话语形式整合为"儿童文学"叙事语言，其方法多样。其一，想象。无生命的自然现象中的雨滴被想象为"雨人"，这既是借用儿童对物理世界"泛灵论"的思维方式，也是作者感情抒发的着眼点和对生活别致精巧的细腻感受。其二，比喻、拟人和排比。作者有意识地选用儿童游戏项目和游戏动作作为喻体，使儿童倍感亲切，并采用排比句式，使语言富有诗性美感和节奏韵律，便于吟诵，朗朗上口。其三，点睛的成人语言。书面词汇总结了雨人活泼的生命方式，自然流露出作者的情感指向，并引出后文："我"也变成雨人，洗尽"泪河"的忧伤，将快乐的歌带给生命的世界。

　　显然作者将被认为是具有"儿童情趣"的话语方式确定为该文本的语言基调，并有意选择这样的"他人话语"进入文本，即使是成人惯用的书面语言，也是抒情和富有朝气的一类，从而使叙事轻灵活泼，充满生气。于是，这里可以进入叙事的"他人话语"实际上演变为成人精心选择和重新组合的既有"儿童特性"又含有多重内涵的综合性话语。"我走进雨人的世界，就是走进我向往的世界。雨与大自然的一草一木和谐相处，从而使大地绿色葱茏。""'泪河'是一个象征，象征着陈规陋习，象征着人类苦难。""我不再只满足于感受自己的心境，我也在思考、在发现，发现那隐藏在形象后面的、值得回味的'思想'。"①

　　可见话语的进入是在成人对儿童、自己以及生命的思考过程中经过整合和改编而实现的，对"他人话语"的选择过程和其深刻内涵包含了现实作者的儿童观和多重意义：说者的身份（充分掌握了书面语言知识的成人）、听者（被认为是喜欢这种活泼情趣的儿童）、为什么说（从色、触觉对读者进行纯美的艺术熏陶和精神升华）、说者与听者的关系（权威话语中又与儿童精神世界息息相通）。

　　如此看来，他人话语已经包含了成人（作者）与儿童（读者）的潜在对话，隐含作者整合话语方式，力图想象并建构读者的阐释经验，"猜想"孩子的阅读反映，"把孩子概论化——概括归纳他们

---

的阅读、思考、喜好及吸收知识的方法"①，以此达到引导读者的目的。这也是隐含作者意欲通过整齐的修辞方式和精致轻柔的语言代替现实作者而与读者达成对话的一种努力。

（二）"他人话语"的多样性与文本叙事

进入文本的他人话语并不总是以突出"儿童情趣"的语言为主，而准备从更深的层面，比如精神深处对生命成长的需求、对世界的感知与想象等，与儿童达成对话。因此这里的"他人话语"更多的是多种意识的融合，儿童的和成人的，现实作者对"他人话语"的选择和移入不是从语言，而是从叙事聚焦、修辞或声音等方面影响了隐含作者对文本叙事的安排。

儿童文学作家和理论家班马认为，传统观念对"儿童""以年龄划分和社会生活圈为限定，区分出一个有别于成人和儿童文学的独立美学范畴，超越了这一范围就是超越了儿童文学的特性，这实际上造成一种自我封闭的状态"②。因此突破"童心童趣"的本位观而提出"儿童反儿童化"的观点，认为儿童一方面表现出"野与神秘"的精神内容，另一方面又总是意欲超越所在年龄阶段而具有向上的精神需求。在班马的创作实践中，无论是处于探索阶段的《鱼幻》等小说，还是《巫师的沉船》，其隐含作者安排的话语方式都扑朔迷离，充满了自我情绪的表达与哲理式的追问。

班马对儿童精神奥秘的探寻与哲学家马修斯有异曲同工之妙，

① 〔加〕培利·诺德曼. 阅读儿童文学的乐趣 ［M］. 刘凤芯，译. 台北：台湾天卫文化图书有限公司，2001：32.

② 班马. 游戏精神与文化基因——班马儿童文学文论 ［M］. 兰州：甘肃少儿出版社，1994：2.

只是马修斯更为坚定地认为：幼童（至少是大多数幼童）天生便具有哲学思维，而哲学就是一种与生俱来的活动①。他们对世界及生命最原始、执着的追问使自己的语言产生了隐喻，并具有了"修辞特征"，他们"已经掌握了各种式样、节奏、声音、押韵形式、形象以及伟大作家所采用过的结构"②。认为童年就是经过一系列与年龄大致相关的阶段、以成熟为目标的发展，这种建立在早期儿童心理学基础上传统儿童观已不断受到质疑，儿童的思维和语言有着独特的清新与创意。这些奥秘的发现，使得优秀的作家往往能从更深入的层面组织话语的表达。

比如关于身体的大小、物体远近距离带来的大小变化等相对概念，是儿童最早遭遇的困惑之一。在图画书《公主的月亮》中，生病的公主想要月亮，国王问遍了皇家总管、宫廷魔法师、皇家学者，这些被认为最聪明的人对月亮有多大多远进行了不同的描述，以说明摘下月亮是不可能的事。最后宫廷小丑来了，说："你心里觉得月亮有多大，它就有多大，你心里觉得月亮有多远，它就有多远。"于是他去问公主：

"您觉得月亮有多大呢？"

"只是比我的指甲盖儿小一点，"公主说，"因为我举起大拇指，就能把月亮盖住。"

"那月亮离我们多远呢？"宫廷小丑又问。

---

① 〔美〕加雷斯·B. 马修斯. 童年哲学［M］. 刘晓东，译. 北京：生活·读书·新知三联书店，2015：141－142.

② 郑荔. 学前儿童修辞特征语言研究［M］. 北京：高等教育出版社，2010：1.

"还没我窗外那棵大树高，"公主说，"因为，它有时候还会被最高的树枝挂住呢。"

于是，小丑为公主做了个用金子做的、比指甲盖儿小一点的圆月亮，再穿上一条金链子，挂在公主的脖子上。可国王还是很忧虑：等晚上来临月亮再次出现时，公主一定会发现大家骗了她："谁能解释，月亮怎么能既挂在天上，又挂在她胸前的金链子上？"可是公主笑着说："……如果我掉了一颗牙，一颗新牙就会从原来的地方长出来，对不对？""月亮也一样啊……我猜，所有的东西都是这样……"

根据马修斯的观察，大多数儿童都有过对物体远近的不同大小、一个物体可不可以既在这里又在那里的疑问。无独有偶，中国战国时期的《列子·汤问》中有一则著名的故事《两小儿辩日》：

孔子东游，见两小儿辩斗，问其故。

一儿曰："我以日始出时去人近，而日中时远也。"

一儿以日初出远，而日中时近也。

一儿曰："日初出大如车盖，及日中则如盘盂，此不为远者小而近者大乎？"

一儿曰："日初出沧沧凉凉，及其日中如探汤，此不为近者热而远者凉乎？"

孔子不能决也。

两小儿笑曰："孰为汝多知乎？"

《两小儿辩日》叙事虽简洁，且未设计过多情节，但用儿童

27

"近取诸身"的思维和话语表达，用"车盖""盘盂""沧沧凉凉""探汤"等提出了智者孔子无法回答的哲学问题。可见，他人话语中的"小儿语"未必是"简单"之言。而《公主的月亮》中，叙事的流畅性很显然是成人话语的优势，但隐含读者选择"指甲盖儿""被最高的树枝上挂住""新牙长出"等童言，来解决大人百思不得其解的有关大与小、现实与心像、主体与客体、存在等这些"大问题"。这里隐含作者采用了两套话语系统：以国王、宫廷总管等为代表的成人的理性、复杂又冗长的表达，和公主简单又深奥的童言，凸显出儿童的声音中所具有的哲学思辨的重要意义。因此，叙事表达的"童趣"不仅是发现了儿童"牙牙学语"的稚拙之美，而是深刻意识到"简单"话语中隐含的复杂奥秘。这里"他人话语"显示出成人对儿童生命的欣赏与尊重，是一种包涵了成人与儿童平等对话的复调声音。

英国的罗尔德·达尔是当今世界最受儿童欢迎的儿童文学作家之一，其作品几十年来成为英国最畅销的儿童书，获奖无数，并在很多国家都拥有无数忠实的达尔小书迷。有趣的是，当儿童读者如此痴迷于达尔童书时，成人（包括成人读者或评论者）对达尔的大多数作品却持有截然相反的意见，争论的焦点主要集中在书中有关贪婪或"残酷的惩罚"的描写上。达尔为什么会选择，又是如何将这类遭遇分歧的"他人话语"移入叙事的呢？

达尔认为，孩子喜欢传奇、紧张和幽默、夸张的想象力，爱憎分明，这些特点来源于自己做孩子的深刻体会，也是孩子天性使然。达尔熟知儿童的心理需求和话语方式，于是在《查理与巧克力工厂》

设置了四个有贪婪陋习的孩子并让他们接受惩罚，只有谦虚、淘气但有礼貌的穷孩子查理得到了巧克力工厂。在这样的叙事中，隐含作者对"他人话语"进行了挑选和适度处理。

首先是儿童式想象的语言。这种想象力完全突破现实束缚，天马行空，不管逻辑，而这在儿童世界习以为常。作者将这种想象方式移入叙事，产生了极为夸张、幽默的细节，比如故事中令人眼花缭乱的巧克力品种、巧克力制造方法和制造机器，有巧克力瀑布、薄荷糖草地、永远吃不掉的石头弹子糖、头发太妃糖、果汁枕头软糖、供婴儿室用的可舔糖纸、电视巧克力糖等，其奇思异想令人叹为观止。

其次是具有安全感的惩罚方式。有评论者认为故事"充满虚假，伪善，从残暴的惩罚中制造笑料，作者对黑人所流露出的蔑视……达尔迎合儿童的虐待狂口味……当他们还没有足够的经验认识虐待狂是怎么一回事"（绮莲娜·卡梅伦，1976）①。这恰恰是成人评论者对文本叙事的误读。作者让贪婪的奥古斯塔斯升上了玻璃管、嗜好口香糖的维奥莉特变成紫色大浆果、任性骄纵的维鲁卡被松鼠推入了垃圾管道、过于嗜好看电视的迈克被电视传送，但所有孩子最后不仅安然无恙（身体只有一点小小的变样），而且旺卡先生还兑现诺言，让每个孩子都得到一辈子也吃不完的巧克力糖，当然查理得到的最多。这种圆满、安全的惩罚方式不但是儿童的心理需求，同时更是成人对儿童精神世界的尊重和选择；既是对儿童"力的宣泄"心态的替代性满足，又是成人对儿童意识的适度表现。

---

① 　选自 1989 年 3 月 24—25 日"儿童文学研讨会"提交论文《罗尔德·达尔：儿童的选择》，作者是严吴婵霞。

　　再者是游戏性词语的选择使用。《女巫》是另一部充满紧张感的作品，带着"残暴"色彩的词语比比皆是。比如作品开头即提到真正的女巫非常痛恨小朋友。

　　这些充满"暴力"的词语是怎样获得叙事的合法性的呢？隐含作者使用了两种方式组织话语。一是通常让邪恶的一方而非正义方使用"暴力"词汇（上文着重号标注的语言）。唯其邪恶，才能惩罚严重，最后女巫们自食其果变成了老鼠，永远被人类追赶痛打。二是将动词抽象化。"干掉""弄死""消灭""动手"，这些去掉了细节的动词被象征性游戏阶段的儿童（2—7 岁）普遍使用。皮亚杰认为，这一阶段儿童的象征性游戏并不是"货真价实"的模仿行为，他们很清楚这种"假装性"。同时，儿童现实经验的缺乏，导致并不能在这些所谓"攻击性"动词中填充更完整的细节①。因此，"干掉""弄死"等成人世界中具有丰富内涵的能指，在儿童语言中指向的是一个抽象而简单的所指，它们仅仅是"消失"或"变成了老鼠"（女巫的邪恶计划就是要把所有孩子变成老鼠）。

　　即便如此，隐含作者还要利用叙事者的评论加入了一句"他人话语"，很显然此时对词语的使用与上文完全不同。这是理性话语对游戏话语的介入，也是同时移入两种"他人话语"所带来的叙事效果。皮亚杰科学地揭示了儿童在象征性游戏阶段的特点，但他又忽略了社会化在游戏中的促进功能，而达尔用文学的方式极好地展示了理性的社会性规范如何能够恰如其分地参与到儿童游戏中。

―――――――――

　　① 这一点儿童文学与成人文学构成了鲜明的对比，《水浒传》中的打斗情景恰恰以描写细致生动为胜。但儿童之所以喜爱《水浒传》也同样是因其游戏心理导致了对细节的忽略，将充满血腥的动词还原为抽象的所指。

## 第三节　儿童文学的叙事结构

儿童文学叙事结构的独特性在幻想小说①中体现得尤为明显。民间童话与文人独创文本的结构模式，是从线性发展到复杂逻辑形式的演进过程，结构逐渐成为叙事语法的一部分。从 19 世纪后半叶《爱丽丝漫游奇境》《水孩子》《北风的背后》三部先驱作品为代表的儿童幻想小说诞生起，幻想世界以其逐渐复杂的完整结构丰富了小说的叙事，通过结构中的逻辑性、叙事时空以及显性或隐形叙事进程的设计，使文本呈现出丰富的观念内涵。

世界幻想文学的兴起，无疑展示了人类思考能力和叙事方式的又一次进步。这种结合了神奇想象力和复杂叙事结构的文类在 20 世纪形成了世界范围内的创作高潮。同时，有关幻想与现实世界的关系，也成为研究界关注的热点。

从西方民间童话发展出的结构模式，为儿童幻想小说奠定了结构的文化特性，但现代童年观念的兴起，成人与儿童之间想象性关系的介入又使幻想叙事呈现出复调的对话结构。当评论界普遍关注幻想世界与现实世界的交融和互文指涉关系时，文本的读者意识以及阐释效

---

①　童话与幻想小说虽然同属幻想类叙事作品，但是属于两种不同的文学体裁。两者的区别主要体现在："一是与童话的故事性质不同，幻想小说采用的是写实主义小说的表现手法；二是与一次元性的童话不同，幻想小说具有二次元性，有着复杂的组织结构。这样两点区别正是衍生出幻想小说对幻想世界、超自然现象的惊异心态。"见朱自强. 儿童文学概论［M］. 北京：高等教育出版社，2009：226.

果如何参与建构了两个世界的结构法则，却并未得到深入讨论。

## 一、想象性关系的介入与叙事逻辑的形成

通过对儿童文学叙事的历史考察发现，儿童幻想小说（尤其是从安徒生开始的文人独创作品）叙事结构的形成是成人与儿童之间想象性关系介入的结果，这种介入体现出成人与儿童力图达成对话的双重声音。

为俄国形式主义思潮做出巨大贡献的普罗普在《民间故事形态学》中用"功能"分析法解释了民间故事工整的线性发展结构。但遭遇安徒生以来的文人独创文本时，普罗普的功能分析法便显得力不从心了。情节结构变得复杂多样，而且文本之间的个人性和差异性也开始增大，如故事打破时空的排列、开放式的结尾、情节的淡化等。结构也具有了表意的功能。传统叙事学对故事结构规律的把握只是提供了产生和阐释故事的可能构架，而文本以及读者阐释的语境最终导致了文本意义的无限丰富性。普罗普的分析之所以难以运用于文人独创的儿童文学文本，就在于作者、文本、读者以及各自的历史语境和当下语境共同参与了意义的构成，成人对儿童的想象关系介入了叙事结构，使事件之间形成了相互容纳又彼此对话的复调关系。

"幻想小说的产生既是人类渴求解放想象力的结果，也与现代社会的科学发展有着直接、密切的关系。"① 科学的理性促使人类对现实世界具有了多元认识的愿望和能力，而对幻想产生怀疑和焦虑，

---

① 朱自强. 儿童文学概论［M］. 北京：高等教育出版社，2009：235.

幻想世界从现实中分离出来。与此同时，"成人—儿童"两极对立的现代童年观念建立，成人对儿童作为"他者"的排除和界定，以及主体定位被有意识地反映到了文本之中，使文学叙事成为成人想象儿童的方式之一。成人被认为是"某种社会的群体的代表，某种特定社会教育观念的载体，某种严肃历史使命的文学使者，一个由于儿童自己不会创作所以不得不聘用来生产儿童文学作品的工匠，一台儿童心理测试仪"①。于是，"为儿童写作"的读者意识被纳入文本创作，促使叙事结构变得复杂，并开始融入成人的儿童观、作者对读者的界定与想象，以及塑造童年和成长的意识形态。对于被界定为弱逻辑的、感性的、未社会化的读者群体，成人有责任在故事中注入以成人世界为标准的道德规范和合法化知识。创作技巧被有意识地运用到儿童文学参与意义的建构，叙事结构不仅是事件时序的排列，而且成为表达文本意义及这种想象关系的重要构成部分。

首先，读者意识的明确形成了复杂的叙事结构。比如，在幻想小说的逐渐发展中，时空序列的结构排列被打破，出现顺叙、倒叙、插叙等多种叙事方式；叙事时间和故事时间分离，使叙事至少形成"故事发生"和"讲述故事"的双重结构；叙事者、人物之间形成多种对话关系；事件不再是零散的、无目的的被叙述，而力图在时间和空间的流动中体现意义等。

这早在民间童话的后期已经有所呈现。如格林童话在作者再版的改动中已经开始出现有意识地通过叙事者来建构结构多重性的现象。在故事的结尾加入叙事者的评论："你坐在家里，穿着深灰色粗

---

① 汤锐. 现代儿童文学本体论［M］. 南京：江苏少儿出版社，1995：226－227.

绒布外套，拖着辫子，胡思乱想，所以想不通，谁要是白天不出门，就会这样的。"（《猫和老鼠做朋友》）"是的，人间的事情就是这样的。"（《狼和七只小山羊》）这种叙事方式构成了结构的双重性，即按事件时间序列安排的故事和按讲述时间安排的叙述，前者包容在后者的结构之内。叙事者选用的词汇和语气（如第二人称"你"和评价性词汇的运用）表明文本设定的读者为儿童。双重结构使文本呈现出明显的隐喻和对话特征，并力图体现作者在故事中隐藏的意图。叙事者的明确出现改变了传统民间故事结构上的单一，增强了故事的讲述性，使作者与读者、叙事者与接受者、文本与现实读者形成了一种对话关系，更标志着儿童文学的接收对象——儿童读者的存在和被重视，使"儿童"的文学得以产生。

至幻想与现实世界分离的幻想小说产生，叙事者以及由此产生的叙事人称、视角都出现更为多样的变化，故事结构也更为复杂。事实上，成人对儿童不同的想象方式（即不同的儿童观）会使作者采用不同的结构方式。

其次，叙事双重结构间的逻辑性增强。叙事者的评论不仅体现出强烈的儿童读者意识，而且与讲述的故事融为一体，形成了一种前因后果或者承接的逻辑联系。叙事者的目的不是揭示故事的内涵，而在于参与叙事。① 这种多重叙事结构的萌芽在 19 世纪以后的幻想

---

① 虽然《一千零一夜》也形成了故事套故事的较为复杂的叙事结构，但文本只有内部叙事者与叙事接受者的对话关系，并没有形成文本与现实读者、作者与读者的对话。古代寓言故事也会在故事结尾加入作者的总结评论，但其接受者并不是儿童读者，而且结论和故事没有形成叙事上的融合关系，二者没有必然的缺一不可的逻辑性。贝洛童话以及十五六世纪开始出现的儿童读物也已经有了针对儿童的读者意识，但还未体现在结构上，有意识地注重文本叙事技巧的状况尚处于萌芽阶段。

小说中得到了更充分的展现。事件之间的组合手段受到重视，尤其是序列或故事之间意义上的逻辑联系也参与到文本意义的构造中。

王尔德的《快乐王子》中主要行动功能可以分为以下几种：①燕子来到快乐王子雕像身边；②快乐王子恳求燕子将剑柄上的红宝石啄下送给生病的母子；③快乐王子恳求燕子啄下自己的蓝宝石双眼送给贫穷的作家和卖火柴的小女孩；④快乐王子恳求燕子啄下自己身上的金片分给穷人；⑤快乐王子和燕子死去；⑥快乐王子的铅心和燕子到上帝身边。如果再次简化行动功能，则可以分析为：①是事件的起因，②③④是过程，⑤⑥是事件的结果。

叙事结构与民间故事有相似之处，即"相同性质的事件反复三次"，但其结构的内在联系却与民间形态有很大不同。

其一，在故事起因和结果之间插入了市参议院、母亲、孩子等等非主要角色的谈话，同时，结尾处出现了叙事者"我"的叙述，证明其在场。这使整个故事呈现出相互容纳的三重结构、三种聚焦角度，即叙事者"我"、非主要角色、快乐王子雕像和燕子。

故事中叙事者看到的事件比非主要角色和主要角色所看到的事件更具体详细（如了解雕像的来由和最后去向）。非主要角色看到了雕像的建立和最后倒塌，而主要角色只了解自己经历的事件，所以叙事结构形成了上图所示的包容结构。中心事件按时间序列安排，但叙事者的出现又使整个事件成为一种追忆（比如"我后来听见人谈起他们"，"后来"一词表明叙述时间与事件发生时间相隔很久），而且主要角色讲述事件时常常运用插叙交代自己的出身，体现人物个性。这种结构形成了不同的叙事视角，而视角的聚焦体现的就是人物的个性和隐在的意识形态。

其二，主要角色经历的事件虽然是"三段式"，但之间除了时间上的前后联系外，还有程度逐渐加深的递进关系。比如，啄下剑柄的宝石——双眼的宝石——全身的金片。快乐王子雕像为帮助穷人，将自己的身体从次要部位到重要部位都奉献出去，使读者深刻体会到快乐王子身体的痛苦和心灵的快乐，增强了故事的悲壮性和作者强烈的悲悯情怀。所以此"三段式"结构的安排极其重要，直接参与了文本意义的建构。

其三，叙事结构中还出现了燕子喋喋不休的"无关"事件和"无关"角色的议论，如燕子与芦苇的恋爱、南方埃及的同伴生活、参议院的争吵等。它们似乎是主要结构之外的事件，但读者可以从中看到人物的性格，而且这种结构上的"漫溢"形成一种隐喻，运用对比手法突出快乐王子的高贵与善良，鞭策世俗社会。因此，它们并非"无关"，而是成为主要结构不能缺少的元素。

可见，19世纪以后的幻想小说中，叙事结构作为重要的形式因素，不再外在于文本内容，而是积极参与叙事和作者意识形态的体现，它们共同生成意义。


## 二、叙事结构与话语标记

意义是否存在，最终依靠读者的推断和阐释的能力。20世纪的幻想小说因大量借鉴了小说的叙事技巧，普遍采用写实主义手法构造复杂的幻想世界，其叙事结构不仅深刻反映作者的意识形态，而且为读者解读文本提供了依据，通过话语标记推进叙事进程，展现出丰富而多样的结构技巧。

在幻想小说的叙事中，叙事接受者和叙事者对双方话语的推断、鼓励和平等对话引导着故事继续向前发展。也就是说，叙事接受者对叙事者话语的推断导致了故事的进行，而读者对作者话语的推断使得文本的意义得以展现。同时，叙事者与接受者、作者与读者又分别拥有自身的语境资源。在符合儿童文学对话双方的语境和行为预期的情况下，根据话语标记推断进行的故事会有相当强的"可讲性"① 和真实感，这也是儿童读者能够认同该文本的标准之一。

考察这些幻想小说文本，会发现故事结构的话语标记一般会通过两种方式进行设立。

（一）故事内的话语标记

它们是一种能够促使叙事者与叙事接受者、人物之间对话并进行故事的推断行为的标志。

以长篇童话《蓝熊船长的13条半命》第一章"我作为侏儒海盗的生命"为例，显示出话语标记如何形成推断，并导致对话产生。文本第一段写道："一般说来，生命始于诞生——我的生命却不是。"这里"一般说来"是个标志，在语言形式上暗含了叙事接受者"你"的存在，想对"你"说一个可能有点不寻常的故事，同时为后文制造了悬念；在语义内容上表明通常人们的看法，但只是一个

---

① 当代美国文学批评家乔纳森·卡勒在探讨"文学是什么"认为，文学的"话语与听众的关系在于它的'可讲性'"，"它要具有某种意义或者重要影响"，"文学作品经过了选择过程，也就是说，经过出版、评论和再版的过程。读者是因为确信别人已经发现这些作品构思巧妙，'值得一读'才去阅读它的"。见乔纳森·卡勒.当代学术入门——文学理论［M］.李平，译.沈阳：辽宁教育出版社，1998：27.

引子，有明显的转折之意。后面的"我"和"却"两个词果然与前面呼应，证明推断的准确性。"至少我不知道自己是怎样诞生的。""至少"一词显示出中间省略了叙事接受者的诘问："怎么可能你的生命不是诞生出来的呢？"所以"我"用委婉的回答挽回刚才的武断结论。如此推论，开头一段的对话形式为（以下括号内容为笔者加）：

（你要讲的是关于什么的故事呢？）

一般来说，生命始于诞生——我的生命却不是。

（怎么可能呢？你的生命怎么会不是诞生的呢？）

至少我不知道自己是怎样诞生的。

（那你是怎么来到这个世界的？）

可能我是从波浪的泡沫中诞生的，（这不可能！）这完全合情合理，或者是像一颗珍珠那样从一个贝壳里生长出来的。

（不会吧！）

也许我是从天上、从一颗流星上掉下来的。

（真是太荒谬了，我不会相信你的话，因为你只是说"可能""也许"）

不过，有一点是肯定的，我是作为一个弃婴被抛进大海的……

随后"我"回忆说自己第一次遇到了马尔姆激流漩涡：

现在，大家必须想到，这是那种在大海上可能遇到的最走投无路的情况。每一个头脑还清醒的海员，都会绕一个大弯，避开那个叫作马尔姆激流漩涡的地区……

"现在"这一时间名词指的是叙事时间，表明"我"暂时跳出了自己的故事，以提醒大家对叙事的重视，那是"我"推断出叙事接受者有可能不太看重自己说到的马尔姆激流的情况下，"我"对叙事语气和语句结构的重新调整。"每一个……都"又一次暗含转折，以让对方推测"我"的行为。

然后，"我"被侏儒海盗所救，并被收留，直到身体长得太大才离开。其间"我"常常一边回忆故事，一边跳出故事与隐在的叙事接受者对话，在双方话语的共同激励下，推动事件发展，使其按照一定的序列串联起来。

括号中的语言是隐藏的叙事接受者根据叙事者的叙事内容和语言形式产生的。①叙事者语言中的动词、情态动词（如"可能""也许""必须"）、程度副词（"完全""都"）以及联结词（"至少""或者""不过"）都是相当明显的话语标记，使叙事者和隐含的叙事接受者推断和评价对方话语，并相互激发，使这种对话持续下去，形成故事。②叙事实际上是在对话双方互动协商中的结果。话语标志使对话者能够将某种互动活动转化为特定的活动类型，通过约束推断来限制阐释。如上述对话限制在关于蓝熊"我"的出生问题上，以引出下文"我"的成长经历和"13 条半命"的含义。③对话双方各具独立意识，形成的交流环境引发了下文的人物行动序列，即关于"我"的来历、成长故事，共同促使叙事从一个言语事件转移到下一个言语事件（隐在的或显在的，前者如叙事者与叙事接受者，后者如人物之间的对话）。

因此，语句内容和形式的相互作用产生了文本内的交流语境，促使叙事者、叙事接受者、人物和隐藏的成人与儿童等各种声音意识在这种结构形式中对话争辩。赫尔曼认为，"使故事成其为故事者不只是叙事的形式，还在于叙事的语义内容、这些被叙述内容得以显现的话语的形式特征，以及这种形式与内容的相互作用所促成的各种推断这三方面之间的相互作用"①。推断的目的是使故事持续进行。语句内容、标记性的形式因素和因此产生的推断，共同形成了巴赫金所说的对话性。

（二）关于读者阐释中的话语标记

"读者"是 20 世纪小说叙事中格外重视的因素。在"我"与"你"的交流中放置标记，以导引出作者与读者的对话，这似乎是幻想小说偏爱的叙事方式。达尔的《魔法手指》同样存在着类似的标记：

革利鸽夫妇家的农场与我们家的农场相邻。革利鸽夫妇有两个孩子，他们都是男孩。这两个男孩一个叫菲利普，一个叫威廉。我有时到他们家的农场那边去跟他们一起玩。

我是个女孩子，今年八岁。

菲利普也是八岁。

威廉要比我们大三岁，他今年十岁。

什么？

噢，对了，好吧。

他今年十一岁。

---

① 〔美〕戴卫·赫尔曼. 新叙事学［M］. 马海良，译. 北京：北京大学出版社，2002：158.

上个星期，革利鸽家发生了一连串非常滑稽的事情。我这就尽我所能把这些事告诉你们。

在这个开头中，不仅有"我"，同时点明了"你们"的存在。"什么？"这句话作为叙事接受者的质疑问句，同时也设立了一个读者进入文本的位置和进行阐释的可能标记，面对叙事者的不可靠叙述，这个"你们"会提示读者做出判断，考虑是否同意作者即将传达的内容。

### 三、叙事进程与读者阐释

随着 20 世纪以后幻想小说的迅速繁盛，作者会更为关注故事情节的曲折生动，结构已经变得复杂多样。即使是教育目的明显，甚至"代替"儿童发声的文本，往往也会利用结构上的变化或者话语标记来弥补与读者间的缝隙，而读者意识的参与，又一定程度上改变了叙事的走向，从而使作者"代替"发声的权力关系弱化。比如拉格洛芙应瑞典教育部要求以介绍国家地理为目的创作的儿童教育读本《尼尔斯骑鹅旅行记》，采用冒险小说中多个事件与场景串联的结构叙事，形成一种连续不断的心理"体验"，这已不再采用民间文学反复呈现的"三段式"叙事，而是彼此牵连以丰富主题。此外，上文所讨论的《快乐王子》的话语"漫溢"，显示出故事不再是单线情节发展模式，同时还存在一种隐形的补充结构，它未必连续，也不占据显著位置，而成为与情节并行的叙事动力，共同促进作者与读者的对话。这些都说明，叙事结构不仅包含动态的情节发展过程，而且因其多样模式的出现，形成了作者（成人）与读者（儿童）对话的复调性。这在后经典叙事学的代表人物詹姆斯·费伦那里，被称为"叙事进程"。

费伦希望修正关于情节（时间序列）的普遍理解，认为叙事进程是文本动力与读者动力综合作用的结果。"叙事从头至尾的运动和控制这种运动的原则。进程沿着两个同时间的轴进行：叙事文本的内在逻辑和那个逻辑在由始至终阅读的读者中引起的一系列反应。尽管这番描述聚焦于叙事由始至终的时间运动，但对进程的关注却不仅仅是对作为线性过程的叙事的关注，这正是因为它认识到了作者的读者对开头、中间和结尾的了解中存在着能动的循环关系。"①也就是说，叙事进程既包括故事内部的逻辑运动，还包含了读者对这种逻辑运动的反应。从故事的"头"开始开启一个运动或确定一个叙事的方向，读者就参与了其中的聆听、理解、判断和对话，二者同时进行，共同推动情节发展。

上文提到的话语标记体现出文本开启叙事进程的重要方式，此后的叙事中，我们会发现多种多样的叙事动力。

（一）显性的叙事进程

费伦对叙事进程从开端、中段、结尾进行了更为细致的划分，每一阶段都由读者与作者共同完成。这对于很多情节发展标记显著的文本来说十分适用，比如上文分析的"我""你"和"你们"对应的叙事，情节从头至尾都以二者间断续的互动对话作为推动力，将故事导引至合理的逻辑方向。在另一些并非第一人称叙事或者叙

---

① 〔美〕詹姆斯·费伦. 作为修辞的叙事：技巧、读者、伦理、意识形态 ［M］. 陈永国，译. 北京：北京大学出版社，2002：173.

事者有意隐身的文本中，叙事进程常有一些特别的推进方式。

早在进入文人独创阶段产生出的较早文本《爱丽丝漫游奇境》中，卡洛尔就进行过叙事探索。比如，在正文的叙述中，不断出现括号的插叙，它们承担着多种功能，如补充情节或是来自叙事者的评论，或成为主要角色爱丽丝的内心独白。这种间隔方式一直贯穿于整个叙事进程。

开头（第一章　掉进兔子洞）：

这并没有什么大惊小怪，就连爱丽丝听到兔子自言自语："噢，天呐！噢，天呐！我太迟了！"她也没觉得奇怪（虽然事过之后，她再想起这些，认为自己应该感到奇怪，可当时一切看来都确实自然得很）。

括号里显然是叙事者的补充叙事，"事过之后"指向的是所有故事结束之后的时间，提示读者意识到即将叙述的故事也许惊险，但并无大碍，冒险总有完结的一刻。而且对后续所有故事之所以发生进行归因：都是由于犯了童话中常见的一种禁忌——对奇怪的事情没有保持警惕。费伦将"开头"的概念扩展中段和结尾，亦即开头中已包含了结尾。这个开头正是如此，其并列的补充结构规范了叙事进程的方向和有节制的限度。

同样在开头，补充叙事还承担了评论的功能：

"我想知道现在我掉了多少英里，"爱丽丝大声说道，"我肯定离地球中心不远了。让我想想，差不多掉了 4000 英里了吧，我想……"（你看，爱丽丝在学校已经学过的这类知识很有一些呢，尽管现在不是个显示知识的好时机，因为没有一个人在听她讲话，但这仍是个很好的锻炼机会）"……是的，大概就是这个距离——那么我到了什么经度和纬度了呢？"（爱丽丝其实并不太清楚经度和纬度的意思，可她觉得这两个词挺好听的。）

这里叙事接受者"你"出现在括号里，不仅形成了叙述的双重声音，而且再次构成一种并列结构造成了话语的旁溢。括号里的旁溢话语是不是多余的呢？事实证明，如果没有它们，读者将会进入完全不同的阐释误区，比如可能认定爱丽丝是个严肃而思维缜密的小姑娘，已经对科学知识有精确的把握，完全了解"经度"与"纬度"之类的科学术语等，这将与后面爱丽丝经常惶然不知所措和容易情绪激动之间出现较大的裂缝，情节的推进也将走向不同的方向。

可见，文本中的补充叙事为读者提供了判断的方式和依据，叙事的走向既是作者希望的，也是读者愿意把握的，它们在有关童心的自然逻辑上获得了一致，这便是作者努力再现儿童的真实状态和声音并寻求对话的重要前提。

（二）隐性的叙事进程

在复杂的小说叙事中，结构并不总是如此单纯一致，不仅情节线索可能同时有几条，即使同一情节也可能出现几种不同方向的叙事推动力，从而邀请读者从多个角度进入文本。这在当代儿童幻想小说中尤其明显。

比如，娜塔莉·巴比特的 *Tuck Everlasting*（《长生不老的塔克》），从英文标题即暗含了叙事的走向，同时邀请读者以常识判断：长生不老是人人渴望的，塔克一家理应快乐无比。但故事中的实际情况恰恰相反，塔克一家非常痛苦，孤独，到处流浪，这使叙事从标题开始就形成了一种反向的张力，两种力量相互影响促使情节不断推进①。

正式进入故事时，主线是塔克一家与温妮的交往。从温妮想喝泉水而被劫持，到知悉塔克一家长生不老的秘密和痛苦、共同阻止黄衣人利用泉水破坏人类的正常生命运转，再到最后从监牢里解救塔克的妻子梅，温妮选择至死不喝泉水，情节集中且并未出现旁溢情况，"泉水"意象似乎完全承担起了串联情节的功能。但细读文本会发现，"泉水"在叙事中并未具有象征意义，反而是一只蟾蜍，从头至尾隐含了较多内容。②

费伦对叙事进程的讨论主要关注的是具有明显动力走向的文本，但申丹认为叙事中还会出现一种"隐形进程"："在叙事文学作品中存在双重叙事进程，一是情节发展，另一个则是情节后面的一股叙事暗流。这股叙事暗流与情节发展呈现出不同甚至相反的走向"。"这种隐性进程不是我们通常所理解的情节本身的深层意义，而是与情节并行的一股叙事暗流。""如果情节后面存在隐性叙事进程，而我们仅仅关注情节发展，就难免会对作者的修辞目的、作品的主题意义和人物形象产生片面或者不恰当的理解。"③

在 *Tuck Everlasting*（《长生不老的塔克》）中，可以说正是"蟾

---

① 中文版本的标题为《不老泉》，突出的是作为故事线索的"泉水"，所有与此有关的人物和情绪都被暂时隐藏。所以从这个角度来说，中文标题暗含的叙事内容相对较少。同样的情况还会出现在《绿野仙踪》（*The Wizard of Oz*）等作品的翻译上。

② 事实上，英文原版的封面也正是温妮手捧一只蟾蜍而非"泉水"的形象，可见"蟾蜍"承担的叙事功能远远大于"泉水"。

③ 申丹. "隐性进程"与界面研究：挑战和机遇［J］. 外国语文，2013（5）.

蜍"而非"泉水"这一意象开启了一段隐性的叙事进程。在与主线情节并行的这段进程中，"蟾蜍"非常不起眼，只有温妮注意过，而且从未像童话中的动物形象一样开口说过话，它只是一个极为写实的沉默的生命。蟾蜍一共出现了 5 次，两次在温妮被劫持之前，两次在温妮被送回自家树林时，最后出现在 68 年后温妮去世的墓碑旁。它隐藏在情节之后，看起来可有可无，但却比"泉水"更见证了故事的发展，成为一种有关"时间"的具象表达和隐形线索。蟾蜍的命运事实上已形成一种隐性结构，部分地影响到情节走向。

如果说蟾蜍在开头可能只起到点缀情节的作用，比如：

八月同一周的同一个中午，温妮·福斯特坐在栅栏边扎人的草地上，对蹲在小路旁几码外的一只大蟾蜍说话，"我会走的，你等着瞧吧，也许就是明儿一早，趁大家还在睡觉。"

很难说蟾蜍没有在听。不过，就算蟾蜍故意不搭理，也只能怪温妮自己。

温妮对着蟾蜍自言自语，抒发各种情绪，类似场景出现在前三次。蟾蜍看起来只是一个孩子打发无聊时光的陪衬，它似乎与情节无关，也许仅仅充当起衬托人物的孤单处境这一功能。但到它第四次出现时，我们就发现它具有了特别的意义：

温妮站起来看看那狗，它还在栅栏外等着，脑袋歪在一边，热切地望着她。"这是我的蟾蜍，"温妮告诉它，"所以你最好离它远点。"接着她灵光乍现，转身跑进屋里，冲到卧室里，打开衣柜的抽屉，取出瓶子——就是杰西送给她的那个装泉水的瓶子。很快，她跑回院子里，蟾蜍仍然趴在那里，狗也仍然等在栅栏边。温妮拔出瓶口的木塞，跪下来，缓缓地、小心翼翼地把珍贵的水倒在蟾蜍身上。

……

小瓶子现在空了，落在温妮脚下的草地上。如果那一切是真的，林子里有的是泉水。等她到了十七岁，万一她想去喝，去林子里喝就是了。

温妮笑了笑，弯下腰把手伸出栅栏，放走了蟾蜍。"好啦！"她说，"你安全了，永远安全了。"

温妮和蟾蜍这次相见之前，有一个关于泉水的重要转折点：塔克家的秘密被黄衣人发现，他们必须再次流浪，17岁的儿子杰西装了一瓶泉水给温妮，希望她长到17岁时喝下，然后去找他们，永远幸福地在一起。这是个两难选择：喝还是不喝？喝下，她将辜负塔克对"生命是一个轮子，必将循环"的苦心思考和劝慰；不喝，她将辜负杰西的期待。温妮的矛盾纠结在蟾蜍这里得到了最为集中的展现。她把如此珍贵的不老泉水倒给蟾蜍，是因为心里已经暗暗做出了"不喝"的选择吗？显然不是，因为她还在想着"万一"。那么，让一只蟾蜍长生不老对情节有什么意义呢？善良的塔克一家，忍受着"长生不老"的痛苦，也许"蟾蜍"这个温妮最熟悉的无声的生命，将会作为她的使者永远等待塔克一家。至于温妮自己，她一直在犹豫，直到生命结束。

围绕"蟾蜍"的线索，在这里开始与主线情节发生交集，故事因此得以化解难题而走向结局。此后"蟾蜍"再次消失，这段进程也再次回到隐性的层面，直到结尾：当多年以后塔克夫妇回到温妮曾经居住的林子，那里早已面目全非，他们发现了温妮的墓碑和一只跳过的蟾蜍。如果没有"蟾蜍"对温妮从始到终的陪伴这一不起眼的叙事发展，温妮对是否长生不老的两难选择将会被无限延宕而无法结束故事。

申丹认为："由于我们看到的不再是情节发展的单一叙事运动，而是一明一暗的两个并行的叙事运动，各有其特定的主题关怀，因此我们对作品的总体理解会发生变化，会看到两个叙事运动如何从不同的角度，共同表达作品的主题意义。隐性进程会揭示出人物的一个不同层面。看到隐性进程，我们就可以看到更加复杂丰富的人物形象。"[①] *Tuck Everlasting*（《长生不老的塔克》）补充"蟾蜍"这一隐形的叙事进程，增强了温妮作为儿童的叙事真实性，她快乐而顽皮的举动显示出生死选择的艰难。同时，孩子与一个卑微生命的相处，不仅是邀请读者（儿童）进入了文本进行阐释的主体位置，而且进一步强化了作者的意图。

在《夏洛的网》中，叙事进程也呈现出明暗两个不同的动力走向，使读者可以从多个角度进入文本。故事情节主线是威伯与夏洛的友谊，以及有关生与死的意义等主题，但叙事是以女孩弗恩从爸爸的斧子底下抢救一直刚出生的柔弱小猪开启的。故事直到第三章，弗恩才退到次要位置，由小猪威伯和随后出现的蜘蛛夏洛担任主要角色推动情节。随着叙事的推进，弗恩出现的频率逐渐降低，甚至

---

① 申丹. 何为叙事的"隐性进程"？如何发现这股叙事暗流？［J］. 外国文学研究.
2013（4）.

到结尾再没有出现。如果说女孩弗恩在故事开头充当了极为重要的叙事推动力量，那么中段以后，弗恩几乎游离了故事，虽然她依然常常搬着小凳子去农场听动物们谈话，但她既不是解救威伯的帮手，也不是发现夏洛伟大创举的第一个人，甚至在去集市确定威伯的价值的关键时刻，弗恩最为惦记的不是威伯的命运，而是不断找妈妈要钱去玩遍集市里的游乐项目。也就是说，弗恩事实上并没有承担主要叙事功能并参与情节主线，因为她不是叙事者，故事也不是聚焦于她的视角来呈现，而是始终沿着自身的叙事轨道发展。

那么，女孩弗恩的行动轨迹，在叙事结构上存在怎样的意义呢？细读故事会发现，《夏洛的网》是一个有关成长的故事，这个主题是通过弗恩和威伯分别贯穿的双重结构来体现的，二者各自表达了成长中遭遇的不同问题。作为主线的威伯的叙事进程，讨论的是孤独一人的成长（如果没有亲人）中对生死这个重大问题的思考，它需要精神导师和强大的友谊来支撑，而夏洛承担了这种职责。隐藏其后的弗恩的叙事进程，讨论的是成人世界对成长的不解和恐慌，但小女孩在这种压抑中依然会如蓓蕾般长大。这个进程对主线起到了重要的补充作用，它不需要成为叙事者，也不参与主线情节（虽然弗恩能听懂谷仓里动物们的谈话，常去看望威伯，动物们都喜欢她，但她从不参与发言），但从另一个侧面深化了主题。

同时，这两个叙事进程从角色到情节演进都各自设置了合乎逻辑的主体位置。比如弗恩的成长，其转折点是担忧的妈妈去找多瑞安医生。这个有趣的医生详细询问了弗恩的情况，然后说：

"我想她会一直爱动物。不过我不相信她一辈子待在霍默·朱克曼的谷仓底。男孩呢——她认识什么男孩子吗？"

"她认识亨利·富西。"阿拉布尔太太一下子欢快地说。

多瑞安医生闭上眼睛沉思。"亨利·富西，"他喃喃地说，"嗯嗯嗯。好极了。好，我认为你没什么可担心的。如果弗恩高兴，你就让她和她谷仓里的那些朋友打交道吧。我可以不假思索地说，蜘蛛和猪完全与亨利·富西一样有趣。不过我说在前面，有一天连亨利也会偶然说出些吸引弗恩注意的话来。真叫人惊奇，孩子们一年一年变样。……"

事实上，弗恩从此自然地不再常去谷仓，在集市上最关心的是与富西一起去坐费里斯转轮，而不再是威伯的命运。她长大了！因此，这个进程的存在，使《夏洛的网》不再是一个单纯的动物故事，也让读者（儿童）对文本有了更多角度的阐释和认同。

从西方民间童话到现代儿童幻想小说，叙事结构不再是简单静止的抽象形式，而逐渐成为隐含丰富内涵的叙事语法。这种结构既融合了小说写实主义的复杂技巧，又因为成人对儿童的想象性关系而呈现出对话的复调形式，从而形成了儿童幻想小说的独特魅力。

# 第二章

# 中国儿童文学叙事探析

普遍的叙事理论如何解读中国儿童文学叙事问题？

晚清以降，进化论引进国内，随着中国社会从近代到现代的整体转型，"儿童"和"童年"作为"人的解放"的重要内容从成人世界中分离出独立价值，"儿童文学"应运而生。但中国"童年"自被"发现"起便不是作为独立并自足发展的概念，而与"国家民族"叠合在一起，在与"西方"和"成人"的对照中，时间转变为由低向高、由落后向先进、由野蛮向文明等对立范畴和线性发展指向。国族发展与童年成长互为隐喻，二者叠合形成了有别于西方"童年"的双重时间指向，决定了20世纪儿童文学的叙事主流。"儿童"成为重要的启蒙符号，生发出与"新"和"未来"有关的抽象特质，西方示范下的"儿童文学"这一从未有过的新生文类，使现代作家产生了浓厚兴趣与关注热情。20世纪20年代以文学研究会掀起的儿童文学运动为契机，中国翻译、民间文学整理、出版、教育、创作等各个领域，都显示出开端期的现代儿童文学起点之高，这深刻影响了百年来中国儿童文学的发展方向。

　　历史语境的特殊建构了迥异于西方的童年观和童年文化，进而决定了独特的书写方式。2013—2017 年，中国作协儿童文学委员会年会以"儿童文学如何表现中国式童年""书写中国童年精神"为主题，明确提出"要体察中国经验的丰富性和复杂性""中国儿童的特殊经验决定了中国儿童文学的特殊性"。这是对全球化语境中如何定位"中国"、定位"儿童文学"的理性抉择。置身于历史坐标会发现，对何为"中国"童年和"中国式"写作，以及如何寻找"中国风格"的书写方式，20 世纪以来从未缺少过探索。从中国儿童文学诞生起便大量取用现实主义题材，到在毛泽东"中国气派"的文艺思想（1938）影响下，范泉提出"中国风格"的儿童文学写作（1947）①，再到 20 世纪 60 年代儿童文学的民族民间与现实道路的再认识、再解读，以及 20 世纪 80 年代儿童文学"塑造民族未来性格"（曹文轩）的提倡，历史语境中形成的讲述经验与局限，无疑为思考当下"中国童年精神"和"中国式书写"的可能路径积累了宝贵财富。因此，回归儿童文学的核心问题——叙事，追溯 20 世纪国族意识背景下传统与现代交织的"童年"时间和叙事模式，是探寻儿童文学"中国"道路的重要方式。

----

　　① 范泉. 新儿童文学的起点 ［C］//王泉根评选. 中国现代儿童文学文论选. 南宁：广西人民出版社，1989：178.

## 第一节　现代儿童观与百年儿童文学叙事变革

百年中国儿童文学虽然有一个以西方为样本的"外源性"和"受动性"开端①，却逐步形成了独具特色的儿童观和叙事模式。鲁迅在《〈表〉译者的话》中认为："叶绍钧先生的《稻草人》是给中国的童话开了一条自己创作的路的。"② 这句被高频率引用的评价，其前后语境实际上是鲁迅表达了对以大量"旧的作品"充当儿童读物的强烈不满，而认为现代的孩子，"以新的眼睛和新的耳朵，来观察动物，植物和人类的世界"，"为了新的孩子们，是一定要给他新作品，使他向着变化不停地新世界，不断的发荣滋长的"。因此，强调一切的"新"，凸出孩子的"不同"，是鲁迅奋起呼吁的基点。百年儿童文学从叶圣陶童话开始，正是因为体现出"自己创作"的高度文体自觉和中国儿童的特殊性，才成为中国文学现代化进程的重要组成部分。

鲁迅有关"新""旧"的论述，是西方现代以来单向、线性、不可逆的"新"的时间意识的典型表达。这一思维模式开创并建构起了"新"的儿童观：历史阶段被区分出新/旧，在现代、成熟、文明的比照下，童年的自然、幼稚、纯真未开化等特质被凸显，通过加剧童年和成年之间的二元对立关系，将儿童抽离出成人世界而富

---

① 朱自强. 两个"现代"——论中国儿童文学的矛盾性与复杂性［J］. 文艺争鸣，2000（3）.

② 鲁迅.《表》译者的话［J］. 译文，1935，2（1）.

于独特价值，最终构成童年的全部意义，并想象性界定了所有儿童的共性和共同的童年权利。但西方现代童年观念引入中国后明显遭遇了困境。从周作人和叶圣陶身上，可以明显看出"新—旧"时间观念的巨大影响下，建立童年的理论"共性"和突破"共性"的叙事努力。

周作人提出的"儿童本位"这一全新理念成为贯穿整个20世纪并以此评价作品高下的核心标准。但中国现代儿童文学对如何界定观念中的"儿童"有过曲折的探索。研究界普遍认为，现代中国的灾难现实使现代儿童文学一开始就失去了诗意、幻想、浪漫的因子，而走上了现实主义道路，直到20世纪80年代以后才逐渐恢复。朱自强先生敏锐地发现周作人受到西方"儿童学、生物学上的进化论、英国浪漫主义"等思想影响提出"儿童本位"理论，但"具有中国主体性的儿童文学创作"与"西方式的'儿童本位'的儿童文学理论之间"发生了错位。① 上述研究虽意在梳理中国儿童文学的历史脉络，但未能注意到现代"儿童本位"观本身存在的局限，即将西方中产阶级儿童生活作为"童年"参照对象，排斥童年在时间发展序列中的特殊性和复杂性，将"童年"同质化、纯洁化。

"儿童本位"，究竟以哪里的、怎样的"儿童"为本位？从晚清"少年中国""新民"的激情呼吁，到"儿童"作为"人"的发现与解放的重要载体，中国儿童在"新"的现代时间坐标中，既是弱小、纯洁、自然未开化的代名词，又是委以重任的国家未来。这一

---

① 朱自强. 两个"现代"——论中国儿童文学的矛盾性与复杂性［J］. 文艺争鸣，2000（3）.

悖论性存在使作为现代概念的"儿童"带有极强的中国特殊性，也必然与西方现代童年观念中的共性"儿童"出现差异。现代儿童文学的开山之作——叶圣陶的《稻草人》集，历来被评价为从"儿童本位"转向"现实主义"道路，是在"为人生"艺术观念影响下的自觉选择。但"转向说"简单遮蔽了作家对"儿童"的重新定位和"怎样表现童年"的思考。浪漫唯美与现实关怀这两类主题的作品，实际上是突破抽象的西式"童年"崇拜的同质化和纯洁化，而思考中国童年特殊性的极好案例。

《稻草人》中被界定为具有"儿童本位"特点的《小白船》《燕子》《芳儿的梦》《梧桐子》4篇童话中，"儿童"已难以分辨其年龄、国别、地域或生活环境。朱自强先生认为作家努力捕捉儿童的心理、想象和情感，但"所表现出的一切与儿童的生活、儿童的心灵依然存在着很大的距离"，其原因恐怕在于抽象的一味浪漫的童心未必能完全概括"中国"儿童活泼丰富的心灵世界。周作人理论中的"儿童"在叶圣陶这里很快得以改变，现实题材的取用、乡土气息的加强使叙事逐渐丰富，也塑造出了更为细腻的儿童形象。只想到花园看看的长儿被守门人一把推开，受到众人嘲笑，"长儿听见笑声才发觉花园门口停着这许多车辆，坐着这许多人。他难为情极了，慢慢地爬起来，装作没事儿一个样，看到别人都不注意他了，才飞快地溜走了。回到家里，母亲还在洗他的衣服，长儿也不跟母亲说什么。"如此真实的心理和动作描绘，让"这一个"儿童兼具共性与"中国"个性，栩栩如生而意味独特。

因此，从小说到童话，从取自西方概念化的"儿童"到展示

"中国"儿童的特殊面貌,《稻草人》完成的是"儿童"内涵的扩展和具体化,以及叙事法则的重要转变。这对我们今天普遍使用但又需谨慎辨析的"儿童本位"观念,是极好的反思和启示。《稻草人》作为中国儿童文学进入自觉时期的雏形,虽受制于时代的仓促而不具备范型意义,但叶圣陶为"儿童"和"童年"概念注入的既颠覆古代,也不同于西方的"新"内涵,促进了此后儿童文学创作不断寻找"中国"模式的探索。

20 世纪 30 年代开始,随着左翼文艺运动的展开,"化大众"逐渐步入"大众化"轨道,国族发展从晚清至"五四"不甚明晰的"新国"内涵到明确的"未来"——西方(苏联),并区分时间上的"新—旧阶段"。与这一现代性表述一致,不仅重新规定了新—旧时间,也对"中国童年"进行了新的诠释:童年与乡土作为"过去"(而非未来和希望)都不再具备被"回望"、被"膜拜"的性质,它们是现代时间链条上因落后和幼稚而亟待成长的一环,必须朝向成熟和先进(以成人或城市为目标)的另一端前进。此时的童年成长被分隔为不同意义的时间片段和长度,表达出不同时间阶段截然不同的故事节奏和发展进程。"小英雄""接班人""好少年"作为成长终点的"共性"个体,以苦难结束、光明到来实现成长叙事的全部意义。

这一鲜明乌托邦色彩的时间模式从张天翼的《大林和小林》那里逐步确立,比如,大林的成长失败是未能选择"正确"道路的必然后果,只有小林的奋斗和抗争才是顺利成长的唯一道路,而城市相对于乡村这个革命摇篮来说,是革命取得成功的最终地点。这一模式在 20 世纪 40—60 年代臻于成熟，成为 20 世纪中国儿童文学的叙事主流，对今天的创作仍有潜在影响。

于是，"童年"作为现代概念在经由叶圣陶等人的本土化和丰富化后，在体察"中国"特殊性的过程中再次走上"纯洁化"道路。如果说五四时代的"童年"观一直纠结于是否要将童年圈囿于封闭的纯真世界，而 20 世纪 30 年代以后则探索的是童年成长的阶级纯洁性，其中对"民族形式"的探索为中国儿童文学的发展积累了宝贵经验。民族—世界、传统—现代二元对立的现代性话语与线性时间指向使现代儿童文学一直被认为是从主题到叙事形式的新起点，但民间叙事形态一直隐匿其中并进行现代转型。比如，来自民间故事的双线结构，对立的善恶正反，开始呈现出成长方向的时间流动；红色经典的传奇叙事；集体话语的复调声音等。这种形式上的"中国"探索，一直持续到今天对"中国式书写"的解读。

从"人"的独立价值出发，周作人坚守"儿童本位"立场，对儿童被强行要求参与成人世界的复杂痛心疾首："我很反对学校把政治上的偏见注入于小学儿童，我更反对儿童文学的书报也来提倡这件事。以前见北京的《儿童报》有过什么国耻号，我就觉得有点疑惑，现在《小朋友》又大吹大播地出国货号，我读了那篇宣言，真不解这些既非儿童的复非文学的东西在什么地方有给儿童看的价值。""群众运动有时在实际上无论怎样重要，但于儿童的文学没有什么价值，不但无益而且还是有害。"① 尽管百年来中国儿童文学在"儿童性"与"教育性"之间的争论从未停止过，但儿童与成人共

---

① 周作人. 关于儿童的书 [J]. 晨报副镌，1923 – 08 – 17.

同面对的历史语境无法回避。现代时期儿童文学深切关注到"童年"与历史现实的紧密关联，从主题到叙事话语都从概念化阐释逐渐走向"人"和"国族"更为开阔的时空，即使在西方（苏联）为他者的参照下探索的依然是民间结构和渗透传统时间哲学的现代叙事模式。这印证了今天对波兹曼"童年消逝"观的反思：童年并不囿于浪漫的想象世界，而是共享着"千变万化的人生"①（胡风）。考察本质化的童年在历史与现实语境中的多样体现，对当下解答何为"中国童年"并寻找叙事的民族化道路有极好的启示。

　　但不容忽视的是，在国族发展与童年成长中共同贯穿的线性时间模式，尤其是时间发展终点的设立使作家简化并遮蔽了对童年多样性的观察，进而束缚了文学对中国童年真实性的客观展现。

　　"五四"以来建立的儿童观和儿童文学创作，往往被视为西方影响下的现代产物，却忽略了中国传统时间观带来的潜在影响，这正是今天"中国式书写"需要且正在逐渐恢复的叙事方式。中国传统以大观小的哲学思维，从开阔的宇宙时空观望生命成长，提出了"复归于婴儿"（老子）、"赤子"（孟子）、"童心"（李贽）等关于"人"的观念。这种不区分"先进""落后"等阶段对立和线性发展方向、没有时间终点的自然、整体性时间哲学观，平视童年的纯净澄明，以童心为原初追求人成长的开放、持久和不断完善。传统哲学的"童心"，是连接儿童与成人精神成长的共同指向，也是作为现代性话语之一的"儿童本位"观在中国哲学体系中找到的有力证明。

---

① 胡风. 关于儿童文学［M］//王泉根. 中国现代儿童文学文论选. 南宁：广西人民出版社，1989：156.

　　整体时间观促使今天重新反思"古代的成人本位儿童观"和多年来对"教育性""成人化"文本的猛烈批判。现代以来线性时间的介入，改变了传统因个体生命体验而生发的叙事模式并激发出新的现代因素。比如，指向内部、过去形态的"寻根"时间（沈从文《阿丽丝中国游记》）；大时代退为背景、回归个体体验的时间（萧红《孩子的演讲》）；以原初观照生命整体的时间（比如凌叔华、丰子恺、任大霖的作品）。

　　而80年代以来随着时间终点的祛魅，有关"童年"的叙事探索既隐含着叙事主流的余脉，更承接了中国传统时间模式的深刻影响。"中国"与"世界"的重新定位，从"塑造民族未来性格"到"提供良好的人性基础"（曹文轩），时间叙事已明显突破国族与成长"终点"的限制。比如大时空下的个体时间模式在有关战争、灾难、历史回忆等作品中的体现；从"童心"出发观望精神深处哲学向度的元叙事探索。但西方作为参照的他者，其叙事模式和话语表达在"中国叙事"中仍有指向性特征，如"童年"——"城市童年"——全球同一性童年之间的隐形置换等。这正是当下强调"中国"式书写的重要原因。

## 第二节　问题意识与叙事困境
### ——再论叶圣陶《稻草人》

　　《稻草人》作为中国现代儿童文学的开山之作，第一次显示出自觉的文体意识和读者意识，成为百年来探索中国文学现代化历程和家国想象的宝贵文本资源。关于《稻草人》集的艺术价值，近30年来形成了几种经典结论。第一，《稻草人》开创了一条现实主义道路，此后儿童文学创作一直继承了其"直面现实，拥抱真实，注重社会批判"的美学风格。① 第二，在一个没有真正的童年的残酷时代，来自西方的"儿童本位"理论与必须关注苦难现实的中国创作实践发生错位，以儿童本位的标准来衡量，"其自身是存在局限性的"②。第三，《稻草人》堆积苦难，图解现实，难以为继，因而创作半年之后写不下去了。③ 第四，《稻草人》集后期童话将现实世界引入童话创作，"因在现实中陷得太深，而丧失了其作为童话的灵动和气韵，远离了儿童乐于接受的情趣与意境"，"使它作为童话的形式意义不典型"。④

① 王泉根. 稻草人主义——中国现代儿童文学的美学精神 [J]. 浙江师大学报（社会科学版），1990（2）.
② 朱自强. 论新文学运动中的儿童文学 [J]. 上海师范大学学报，2013（3）.
③ 刘绪源. 重评童话集《稻草人》——兼论叶圣陶何以中断1922年的童话创作 [J]. 南方文坛，2012（3）.
④ 胡丽娜. 中国儿童文学现实主义走向的启示者——叶圣陶儿童文学创作新论 [J]. 中国儿童文化（辑刊），2004－12－31.

　　以上结论基于对其童话创作从浪漫唯美"转变"为现实主义风格这一普遍评价，引用郑振铎在《稻草人·序》中对23篇童话的分类以及作家自述：起先试图构筑"一个美丽的童话的人生，一个儿童的天真的国土"，尔后"不自禁的融化了许多'成人的悲哀'在里面"，但"还想把'童心'来完成人世间所永不能完成的完满的结局"。最后的篇目笼罩的是一片灰暗，"悲哀已造极顶，即他所信的田野的乐园此时也已摧残"①。刘增人在《叶圣陶传》中也指出，《稻草人》集展现出了两个截然不同的童话世界，即美的世界和丑的世界，而从美的讴歌到丑的揭露，"叶圣陶经历了一个感情的变迁过程"②。这都成为评论界论证叶圣陶在"为人生而艺术"的观念指导下，从"儿童本位"观不得不转向"现实主义"写作这一矛盾心态的主要依据。至此，"转向"说成为界定《稻草人》的文学意义与成功或失败等审美价值判断的核心基础。

　　但历时仅半年且以一天或几天一篇的高产速度创作而成的《稻草人》集，是否体现出叶圣陶的世界观和文学观有"前后期"的重要"转变"？尤其作家自述："那一年（指1921年，笔者注）十二月二十五日到三十日，也是六天，写了《地球》《芳儿的梦》《新的表》《梧桐子》《大喉咙》，一共五篇。"③ 六天之内一气呵成的篇目同时包含了后来评论者所区分的"前期"作品（《芳儿的梦》《梧桐子》）和现实主义"后期"作品（《大喉咙》），如此界定前后期的

---

① 郑振铎. 稻草人·序［M］//刘增人，冯光廉编. 叶圣陶研究资料. 北京：知识产权出版社，2010：311.
② 刘增人. 叶圣陶传［M］. 北京：东方出版社，2009：73.
③ 叶圣陶. 我和儿童文学［M］//叶圣陶集：第9卷. 南京：江苏教育出版社，320.

"转向"说显然存在诸多疑问。以上研究虽对叶圣陶童话进行了前所未有的整理阐发，但无论是基于文学史角度的高度肯定，还是基于"儿童本位"观的艺术批评，始终存在着一个视角的遗漏，即叶圣陶的"小说家"身份。以写小说为主的叶圣陶，其儿童文学创作与同时期小说创作（尤其是问题小说）具有同构型，并同样遭遇了叙事困境。

《稻草人》集不是一个孤立的文学样本，在其产生之前和同时，叶圣陶已经或正在创作并出版了小说集《隔膜》《火灾》，新诗十五首编入文学研究会八人诗集《雪朝》的第六集，儿童诗《儿和影子》《拜菩萨》等，戏剧《恳亲会》等。与此同时，1921年3月5日至6月25日，短短三月余，叶圣陶在《晨报》副刊上连载《文艺谈》共40则，集中代表了其对新文学创作的深刻体会和观察。其中第七、八、十、十四、三十六、三十九则谈到儿童心理、儿童文学应有的美学品格和创作特色，这是叶圣陶继鲁迅、周作人等人有关儿童和儿童文学认识的基础上，相当自觉和成熟的思考体现。这些作品尤其是小说中极为细腻的叙事、对现实场景的并列展示与强烈情感、对儿童的由衷喜爱，以及直接运用于创作实践的文艺思考，无疑与应运而生的童话写作形成了紧密的互文指涉关系。这便不难理解20世纪30年代左联文艺评论家、作家贺玉波对《稻草人》集大部分作品所做的评价："叶绍钧的童话，并不是普通一般的童话，它们像这篇小说一样，对于社会现象有个精细的分析；虽然还保存着童话的形式，却具有小说的内容，它们是介于童话和小说之间的一种文学作品，而且带有浓烈的灰色的成人的悲哀。所以，我们与其把它们当作童话读，倒不如把它们当作小说读为好。"①

叶圣陶童话之所以"当作小说读为好"，正在于其小说对童话具有重要参照意义。因此，要探索《稻草人》集是否存在"转向"这一观念发展轨迹，需要考察叶圣陶五四前后的小说创作并以此为背景进行横向梳理，这也是重新思考《稻草人》"成功"或"失败"论断的必要路径。

## 一、《稻草人》与小说创作的同质性

"五四"前后叶圣陶身处江苏角直第五高等小学任教（1917—1922 年），其间最为重要的小说集为《隔膜》（1919 年 2 月至 1921 年 4 月创作 20 篇）和《火灾》（1921 年 6 月至 1923 年 1 月创作 20 篇）②。与此同时，1921 年 11 月 15 日至 1922 年 6 月 7 日，叶圣陶创作了现代文学史上真正意义的儿童文学作品《稻草人》。三部作品集在创作时间上的交错迭合，形成了相似的主题选择、情节内容和叙事指向。

小说顺应以"破坏""诅咒"为核心词汇的时代情绪，以客观记录的方式揭露"丑的世界"，而不少情节在《稻草人》中均有重复记录，比如被买卖的女性（《这也是一个人》与《稻草人》中自杀的年轻女子）、稻田里的虫灾（《晓行》与《稻草人》）、对文明世界的隔膜与向往（《阿菊》与《花园外》）、四处寻找的"同情的眼

---

① 刘增人，冯光廉编. 叶圣陶研究资料［M］. 北京：知识产权出版社，2010：379，244.

② 此前叶圣陶主要写作文言小说，及至 1918 年第一篇白话小说《春宴琐谈》产生，但并未入集。

泪"（《醉后》与《眼泪》），等等。

同时小说大量且深入涉及了有关母爱、教育、儿童、女性的重要主题，其中母爱滋养下小儿的天真神态和校园内儿童的玩闹心理尤其刻画得生动传神。两岁稚子的咿呀学语和无意抛球打伤母亲后的惧怕（《伊和他》）；阿菊在学校第一天的呆笨、惶恐和梦幻般的快慰（《阿菊》）；受尽打骂的童养媳阿凤终于得到短暂机会放声歌唱："伊不但忘了诅咒，手掌和劳苦，伊连自己都忘了。世界的精魂若是'爱'，'生趣'，'愉快'，伊就是全世界。"（《阿凤》）《一课》极其细腻地描绘了活泼的孩子"他"带着装蚕的小匣子走进教室，在枯燥乏味的课堂上浮想联翩；而《火灾》中的《义儿》很可"与《一课》合看"①，十二岁的孩子酷爱绘画，面对来自学校和成人的压力却以无穷的创造力和想象力进行本能的反抗。这些儿童形象集中展示出童心的自在纯真和游戏天性，真正开启了现代文学史大规模书写儿童的开端，这不能不为叶圣陶即将进行的儿童文学创作提供极好的准备和过渡。

不仅是儿童群像的凸显，小说还极力赞赏成人怜惜童真、与童心相伴的人性之美。那些怀抱小儿或思念孩子的母亲散发出迷人的光辉，如同那位因失去了自己的孩子，转而将充盈的母爱投注到邻居孩子身上的二奶奶："这就是所谓的爱……更看四周，何等地光明，何等地洁净，而己身就在这光明和洁净里。"（《潜隐的爱》）即使是抱着婴儿的男性："言信君这么说话，这么侧着头将自己的面孔

---

① 顾颉刚. 火灾·序［M］//叶圣陶集：第 1 卷. 南京：江苏教育出版社，2004：
351.

紧贴着女孩的面孔，都含着女性的美。"（《火灾》）小说对儿童与成人因爱而交融的动情描述已然有宗教般圣洁的色彩。而在《地动》《小蚬的回家》中，成人为教育和安抚孩子，用儿童"能够了解的或曾经经历的"事件、情感和话语编织出极具想象力的故事，已经可以看作是美妙成熟的童话。

以此对照《稻草人》集，会发现"爱与美"和"现实苦难"两类主题在小说与童话中一脉相承①。以《小白船》《燕子》《芳儿的梦》《梧桐子》为"美的歌颂"，《画眉》《聋子和瞎子》《克宜的经历》《稻草人》等为"丑的揭露"的典型篇目。但从创作时间上考察，可以看出叶圣陶并非因观念转变而有"前后"变化，而是同时在两类主题和两类人群（成人与儿童）面临的问题中穿行。作家可能在几天之类顺接着同一创作思路，比如与童话《小白船》（11 月 15 日）、《燕子》（11 月 16 日）写作时间最接近的小说是《云翳》（11 月 2 日）、《义儿》（10 月 29 日）和《乐园》（11 月 22 日），而从《义儿》到《小白船》都传达出对儿童本性中自由和善的由衷赞美。作家也可能在创作中同时思考着不同层面的问题，比如刚对悲

---

①　吴其南曾在《中国童话史》中指出："《稻草人》集子中的两类作品，其实是作者小说集中两类作品的童话化表现，《鲤鱼的遇险》《瞎子和聋子》《稻草人》是《苦菜》《饭》《脆弱的心》的延伸；《小白船》《燕子》《芳儿的梦》是《阿凤》《一课》《地动》《小蚬的回家》等的延伸。只不过《稻草人》是童话，偏重于儿童、自然等天真未凿的世界，理想的纯净色调更为鲜明罢了。"（转引自胡丽娜：《中国儿童文学现实主义走向的启示者——叶圣陶儿童文学创作新论》，《中国儿童文化》（辑刊），2004－12－31。）其模拟的篇目虽稍欠准确，且未进行进一步剖析，但这一观点的比较视角和启示性未被研究界关注。同时，澳大利亚学者 Mary Ann Farquhar 也关注到叶圣陶小说和童话有共同的叙事主题，在 *Children's Literature in China – From Luxun to Mao Zedong* 一书中详细分析了 20 世纪 20 年代童话的写作情况及特点。

惨人间的现实主题以及教育问题有过思考（小说《旅路的伴侣》（12 月 19 日）和《风潮》（12 月 21 日）），几天之后又回到有关爱与美的想象之中（童话《芳儿的梦》（12 月 26 日）和《梧桐子》（12 月 27 日））。

《稻草人》中还有一批不易归类的篇目夹杂在"浪漫"和"现实"的作品中，因美学风格不明显而一直未能作为"前后期"童话代表作得到关注。它们在"儿童本位"的观照下显得突兀难解，但若从小说视域进行考察，会发现这些难以"近于童"的作品却与小说主题具有高度相似。比如，《地球》《富翁》批评不劳而获，《新的表》中对时间的新奇，《旅行家》依靠发明要什么有什么的机器来实现对平等自由的想象，《鲤鱼的遇险》对受困命运的挣扎反抗是"诅咒一个旧世界"的时代情绪的典型表达，而《玫瑰和金鱼》和《小黄猫的恋爱故事》则试图讨论爱情的本质。这些作品游离于"前后期"作品擅长表现的"赞美"或"揭露"主题之外，展示出儿童与成人共同面临的有关"中国"的社会百态，成为小说表现"人生"的另一种互文补充。

因此，将小说集与童话集并置比较，便会发现各篇目创作时间衔接紧凑，多种主题交错出现，不仅没有明显的前后观念的"转变"，即使处于同一部集子的小说，也并未如《稻草人》一样具有从希望到失望的"前后"变化。对此，有学者认为，小说和童话"是相同创作理念指导下的不同艺术形式。只是童话转向的时间较小说显露的要早，转变的痕迹也较为明显"①。但三部作品集在同一时间段（1919—1923 年）、同一创作环境（江苏甪直），是否存在不同时间点的观念"转向"？这一论断显然还缺乏充分证据。

综上可见，7 个月中的童话创作与小说叙事具有明显的同构型，"叶圣陶并没有简单地按时间顺序从'理想主义'到忧郁心态的转变，而是在同一时间段进行了一系列复杂主题的思考。其针对成人和儿童的文学创作的一个核心主题，便是'儿童世界'的复杂性"②。与鲁迅一样，在对新国和新民的想象性建构中，叶圣陶事实上从未将"童年"排除出与成人共有的同一个现实世界，《稻草人》的文体特征，需要放置于与小说共同的文化语境中进行考察。

## 二、《稻草人》的"问题"意识

无论从创作时间的衔接，还是主题的同质特点，都可以将《隔膜》与《火灾》看作《稻草人》产生的前奏和强化。而两部小说集创作的时间段，正是"五四"前后"问题小说"出现的兴盛期。以挪威易卜生戏剧和 19 世纪俄罗斯文学为取法对象，问题小说选择了现实主义文学样本中的"问题""哲理""主义"等特点来对抗"以小说为闲书"的旧传统，以理性、客观姿态模拟、观察生活中的重大问题，并将其提升到哲学高度。"他的初期的作品（小说集《隔

---

① 胡丽娜. 中国儿童文学现实主义走向的启示者——叶圣陶儿童文学创作新论 [J]. 中国儿童文化（辑刊），2004 – 12 –31.

② Mary Ann Farquhar。*Children's Literature in China – From Luxun to Mao Zedong* [M]. M. E. Sharpe, Inc, Armonk, New York/ London, England, 1999, 104.

膜》）大都有点'问题小说'的倾向。"①《隔膜》《火灾》中浓重的问题小说风格，深刻影响到了儿童文学创作，《稻草人》中显著的问题意识以及现实主义叙事方式，正是"问题小说"叙事法则的进一步体现。

（一）叶圣陶与"问题小说"

基于文学革命和"五四"前后"人的解放"等口号的高涨，引发了知识分子群体对农民、妇女、儿童等弱势民众前所未有的关注与同情。发现问题，并对个体所栖息的世界（社会的、现实的、精神的）进行发问，成为"五四"前后新文学热衷的思潮。1919年2月周作人发表《中国小说中的男女问题》，明确提出"问题小说是近代平民文学的出产物，这种著作，就是论及人生诸问题的小说"②。作为现代转型期的文学创作，问题小说以新的现实观察角度和提问方式建构了不同于传统小说的叙事结构原则，而"五四"前后《新潮》杂志的出现以及随后文学研究会的成立，对这一热潮是极大的推动："《新潮》杂志上的问题小说提出一系列重大的问题，诸如父子两代的冲突，家庭婚姻的不合理，下层社会的苦难，以及人生究竟的真谛，问题多且大，痛切、尖锐且略见充实。"③

茅盾曾评价叶圣陶小说，"他以为'美'（自然）和'爱'（心

---

① 20世纪30年代常风也有同样的评价，"作者的小说有一个特殊的倾向：那便是问题小说的倾向。我们的新文学运动最初并不是一个单纯的文学运动；它不过是一个大的社会改革运动中的一个支流。受着这个运动的主潮的激荡，于是作为它支流的文学运动也当然要被这主潮支配。所以我们勿用惊奇，在新文学初期有许多问题小说，社会问题小说与追求人生的意义的小说"。见茅盾. 中国新文学大系·小说一集导言［M］//叶圣陶集：第1卷. 南京：江苏教育出版社，2004：347.

② 周作人. 中国小说里的男女问题［J］. 每周评论，1919（7）.

③ 杨义. 中国现代小说史：第一卷［M］. 北京：人民文学出版社，1986：120.

与心相印的了解）是人生的最大的意义，而且是'灰色'的人生转化为光明的必要条件，'美'和'爱'就是他的对于生活的理想。"①歌颂爱与美，揭露黑暗，是问题小说的重要主题和价值取向②，尤其是以西方文本示范下的"儿童本位"观重新看待儿童和童年，更是需要用文学进行表达的前所未有的重大"问题"。赞美—揭露、美—丑、新—旧等二元对立范畴作为现代性表征之，催生出了问题小说观察并开掘这些重大"问题"的急切姿态和"客观地开脉案"③的叙事法则。叶圣陶身处其中，从主题到叙事方法，新的思潮不能不影响其创作并引发更深的思考，多种主题清晰地体现在小说和童话，作品集中且不分时间先后便不足为奇。

叶圣陶作为文学研究会的发起人这一史实被广泛关注，认为"为人生而艺术"的主张导致作家向现实主义道路转变。但少有研究注意到在此之前，他加入新潮社时已欣然接纳了问题小说以怀疑的眼光切入现实、发掘新问题的全新思路。1919 年 1 月 1 日，傅斯年任主任编辑，以北京大学学生为主要成员的新潮社成立，"专以介绍西洋近代思潮，批评中国现代学术上、社会上各问题为职司"④。1919 年 2 月，叶圣陶第一次在《新潮》发表短篇小说《这也是一个人》，开启了妇女、婚姻、人的自由等问题的新思考。鲁迅曾经评价

---

① 茅盾. 中国新文学大系·小说一集导言［M］//叶圣陶集：第一卷. 南京：江苏教育出版社，2010：348.

② 朱自清在评述叶圣陶的短篇小说时认为："爱与自己的理想是他初期小说的两块基石。这正是新文化运动开始的思潮；但他能用艺术表现，便较一般认为深入。"见叶圣陶集：第 1 卷［M］. 南京：江苏教育出版社，2004：35.

③ 刘增人，冯光廉编. 叶圣陶研究资料［M］. 北京：知识产权出版社，2010：379.

④ 新潮杂志社启示［N］. 北京大学日刊，1918－12（262）.

《新潮》小说："上海的小说家梦里也没有想到过。这样下去，创作很有点希望。"① 这些被肯定的有"希望"的小说就包括《这也是一个人》。叶圣陶 3 月加入新潮社后，持续发表有关儿童教育的论文和小说，所提的"问题"也更为细致，如《春游》中自然对心灵的触动和净化，已隐约有女性寻求自身价值的意味；《两封回信》对灵魂归宿的思考，提出女子只是和一切人类平等的"人"；《伊和他》中无邪的童真与慈爱的母性，无不是面对复杂多变的社会和个人进行的深入观察。这 4 篇收入《隔膜》的小说奠定了后续写作的基础。

1921 年叶圣陶加入文学研究会，小说发表的主要阵地迁移至《小说月报》（两部小说集中 11 篇发表于该刊）和《晨报·副刊》（两部小说集中 8 篇发表于该刊）等杂志。《新潮》的创作实践延伸至此，不仅承续了苦难场景的再现式叙事方式，而且开掘出更多前人未有的"新"问题，比如《苦菜》通过农人与知识分子"我"对土地和劳动的不同感受，推演出"凡是从事 X 的厌恶 X"的"公式"。《阿菊》《阿凤》《潜隐的爱》《一课》等对童真、母爱的细腻描述和由衷赞美比"新潮"时期更为深入。

从问题小说进入创作道路的叶圣陶，从"现实"角度观察生活、发现"爱"与"美"，由此对惨淡人生、童心、乡土、人性的观察和提问，是两部小说集不存在思想倾向前后"转向"的重要原因。

（二）《稻草人》中的"问题"

与小说同时进行的儿童文学创作，同样呈现出"问题优先"的

---

① 鲁迅. 对于《新潮》一部分的意见［M］//鲁迅. 集外集拾遗. 北京：人民文学出版社，2006：13.

特征，只是因文类特性而能更集中地以想象的方式观察社会现象。这其中"儿童"和"童年"可以不必再像小说一样作为思考教育问题的载体，而是回归本质层面，成为具有强烈象征意义的社会问题。

五四前后首先被关注的"问题"之一是作为概念而非个性的"儿童"。周作人以《人的文学》《儿童的文学》等系列文章为现代中国发掘"人"的价值发挥了振聋发聩的重大作用，在他看来，"人"的解放首先需要关注的是被长久压抑的妇女与儿童："人类只有一个，里面却分作男女和小孩三种；他们各是人种之一，但男人是男人，女人是女人，小孩是小孩，他们身心上仍各有差别，不能强为统一。"① 周作人坚定捍卫的"儿童本位"观成为此后百年间判断儿童文学优劣的重要标准。

《稻草人》中被评论界判定为"浪漫主义"特点的《小白船》《燕子》《芳儿的梦》《梧桐子》4篇童话，因对儿童的赞美和崇拜，自然也被归为"儿童本位"的代表。从儿童形象（或"类儿童"形象，如梧桐子）到叙事话语，从没有名字到以"青子""玉儿""芳儿"等唯美词汇命名，无不在体现抽象和概念化的"儿童"。比如，来到溪边玩耍的两个孩子，"一个是男孩儿，穿着白色的衣服，脸色红得像个苹果。一个是女孩儿，穿着很淡的天蓝色的衣服，而且更加细嫩。"乘上美丽可爱的小白船后遇到大风，女孩儿哭了。"男孩儿给她理好被风吹散的头发，又用手盛她流下来的眼泪。他说：'不要哭吧，好妹妹，一滴眼泪就像一滴甘露，你得爱惜呀。大风总有停止的时候，就像巨浪总有平静的时候一个样。'"（《小白船》）要

---

① 周作人. 小孩的委屈［C］//谈虎集. 长沙：岳麓书社，1989：48.

给母亲送最特别的生日礼物的芳儿，看到天上的星星月亮，"人家的母亲戴什么珠环宝石环，那些都是人世找得到的东西。我却赠她一个星环，岂非稀有？……独有我送这个东西，不因为我对于母亲的爱，比海还深吗？"（《芳儿的梦》）

这种抽象的浪漫叙事，是否能准确表达出"儿童本位"的话语本质？朱自强先生认为作家努力捕捉儿童的心理、想象和情感，但"所表现出的一切与儿童的生活、儿童的心灵依然存在着很大的距离"①。但已在甪直小学任教的叶圣陶，对儿童心理情趣并不陌生，燕子离开妈妈受伤后的恐慌、芳儿一心要送与众不同礼物的急切、只想出去游戏的梧桐子，都表现出童心的自然天真。《小白船》中的男孩女孩、燕子、芳儿、梧桐子这些在自然中成长、不断得到爱的关怀并体现出"善"与"美"特质的抽象形象，无不是一个真正的"人"（不仅仅"儿童"）的理想样态，这与周作人将"儿童"作为"人"的重要讨论对象如出一辙。因此，这四篇浪漫风格的作品与之后篇目的重要区别并不在于有没有表现"儿童的心灵"，而是作家试图用文学对"何为善与美"进行哲理思考（比如，《小白船》中孩子回答的三个问题及答案：爱、善、纯洁童心，即带有典型的哲理性），用难以分辨其年龄、国别、地域、生活环境，甚至性别的抽象"儿童"来讨论西方浪漫主义强调的"自然""童心""美"等问题。因社会的"隔膜和枯燥"，"却不能损害到小孩子和乡僻的人。这一点仅存的'爱，生趣，愉快'，是世界的精灵，是世界所以能够

---

① 朱自强. 朱自强学术论文集 2——1908—2012 中国儿童文学现代化进程［M］. 南昌：二十一世纪出版集团，2015：170－171.

维系着的缘故"①。因此，《小白船》等4篇童话并非要书写"真实"的儿童，也就无法用是否表达出"儿童的生活"这一真实性标准来判断优劣。

《小白船》等童话对"问题"的关注使"儿童"形象难免概念化，而"儿童本位"这一西方舶来的观念本身也暴露出同样的局限，即将西方中产阶级儿童生活作为"童年"参照对象，排斥童年在时间发展序列中的特殊性和复杂性，将"童年"同质化、纯洁化。周作人对进化论的接纳，"出于人道主义的姿态，坚持童年期应在作用上保持自主性并强调'中国特色'，却无意间让白人儿童及其文学做了中国儿童及其文学的范本，让西方文明做了中国发展的范本"②。这既是今天西方现代童年观日益受到质疑和反思的重要原因，也是"儿童本位"在本土化过程中几度沉浮、辨析不清的症结所在。

但"问题小说"不仅思考概念问题，也善于发现现实问题。这为叶圣陶积累了观察"中国"童年的经验，以及解决周作人理论局限的可能。在《花园外》《祥哥的胡琴》《克宜的经历》中，类型化的儿童演变为"长儿""祥儿""克宜"这样沾染泥腥气且具有"真实"感的名字，而与小说中的"义儿""迈儿""明儿""阿菊""阿凤"等儿童形象取得了一致。命名的变化同时意味着叙事法则的变革。其中《画眉》有极强的隐喻性，飞出黄金鸟笼的画眉第一次

<hr />

① 顾颉刚. 火灾·序［C］. 叶圣陶集：第1卷. 南京：江苏教育出版社，2004：353.

② ［美］安德鲁·琼斯. 儿童如何变成了历史的主题——论民国时期发展话语的建构［J］. 王敦，郭怡人，译. 东亚观念史集刊，2013（5）：53-84. 该书中琼斯深刻揭示出进化论在有效地改变中国知识分子的历史想象的同时，又如何限制了他们的思想视野。

看到人间疾苦，"因为见了许多不幸的人，知道自己以前的生活也是很可怜的"。走出封闭的、被"想象"为纯真浪漫且不需要共享成人文化信息的"童年"宫殿，才进入了更广阔的有关"人"的真实生活。

对"儿童"问题的思考一旦进入"中国"层面，所涉范围便会变得广泛，甚至超越了小说较多关注的教育、母爱等问题领域，除了"赞美"与"揭露"的篇目，那些不易归类的主题：自由、爱情、贪欲等，无不因想象的特殊性而得到或反思或讽刺的有效表达。这其中最为突出的是对乡土的叙述。在现代时间坐标中，乡土与童年因在"文明""成熟"的对照下，共同指向"过去"和"自然"的特质。这依然延续了对理想的"人"的思考。与同时期小说更多揭示乡村的凋敝和等待被启蒙与救赎的线性时间表达不同，"问题小说"融入了童年意识的乡土呈现出野蛮落后和自然田园的悖论，从而被赋予更丰富的性质，回归乡土和童心成为解决现代发展困扰的丰富想象资源。一粒种子经历了国王、富翁、商人、兵士的手，但回到麦田遇到农夫才能正常发芽；一心想寻找"同情的眼泪"的人终于在孩子那里找到了；祥哥回归乡野的动人琴声"正是大理石音乐厅里的听众们所不愿意听的"；回到土地的克宜才看到"将来的田野，美丽极了，有趣极了"。同时指向未来希望和过去时间的乡土与童年想象，是现代中国生发出的迥异于西方的重要观念和"问题"。经由这一路径，叶圣陶逐步完成对理想"新人"和乌托邦国的文学期待。

因此，从小说到童话集，叶圣陶进行了时代流行的有关"人"

"儿童"和一般社会问题的讨论。郑振铎在《稻草人·序》中认为："有许多人或许要疑惑，像《瞎子和聋子》《稻草人》《画眉》等篇，带着极深挚的成人的悲哀与极惨切的失望的呼声，给儿童看是否会引起什么障碍；……这个问题，以前也曾有许多人讨论过。我想，这个疑惑似未免过于重视儿童了。把成人的悲哀显示给儿童，可以说是应该的。他们应该知道人间社会的现状，正如需要知道地理和博物的知识一样，我们不必也不能有意地加以防阻。"① 在一片"儿童的解放"、以"儿童"为本位的热烈呼声中，正在主编《儿童世界》的郑振铎却质疑"过于重视儿童"了，这句往往被研究者忽略的评论，不免让人惊叹郑振铎过人的思考力和洞察力！他质疑的"儿童"，显然是抽象、过于纯洁化、非"中国"化的儿童。今天新童年社会学已重视童年生态中与成人世界共同面对的普遍社会问题，以及不同地域的童年在阶级、性别、贫穷、种族、家庭生活的差异性②。对此百年前郑振铎的提倡和《稻草人》的问题意识，无疑成了先驱者穿越时空的遥远呼应。

### 三、《稻草人》的叙事法则与困境

"问题小说"之所以成为特定阶段的题材热或小说思潮，并以迅速兴起又旋即分化的方式出现在文坛，不仅与其集中展示的问题有

---

① 郑振铎.《稻草人》序［C］//刘增人，冯光廉编. 叶圣陶研究资料. 北京：知识产权出版社，2010：311.

② 〔英〕艾伦·普劳特著. 儿童的未来——对儿童的跨学科研究［M］. 华桦，译. 上海：上海社会科学出版社，2014：13. 以艾伦·普劳特为代表的新童年社会学家们突破了儿童—成人等传统二元对立的儿童观及狭隘学科壁垒，试图重新认识儿童及童年自身的建构能力，以及与成人之间的边界转移。

关，也与叙事的模式化局限密切相关。《稻草人》中被"挑选"出来的"现实主义"作品，如《大喉咙》《画眉》《花园外》《瞎子和聋子》《克宜的经历》《稻草人》等，明显体现出新文学草创时期"问题小说"的再现式叙事法则。这些作品完成后未能持续（9 年后出版的童话集《古代英雄的石像》在叙事风格上已有较多变化），其原因正在于"问题小说"的普遍局限和创作转向。

再现式叙事作为完全不同于传统的"新"的现实观，来源于现代作家开始表达个体的独特经验和观察，为使这种独特经验被认识和理解，需要以"场景片段为主干，来突出'问题'的寓意"。问题小说借鉴的西方样本虽以现实主义文学为主，但其思想艺术上的博大丰富却难以被新文学初期的作家完全理解。① 茅盾认为："俄国文豪负有盛名者，一定同时也是个大思想家。我们只看托尔斯泰的人道主义无抵抗主义，都是表现在文学中的……有了这种哲学思想做根据，然后他的文学能成名 ……从前的文学家每想用艺术——实在是卑劣的艺术手段——来遮掩他无理想无哲学根据无浓厚表现人生的感情。现代的俄国文学家都不取了。"② 将俄罗斯文学阐释为"主义"的文学，简单、片面理解和取用"现实主义"，并为我所用地强化其中"问题""主义"的层面，不能不说是问题小说创作的普遍倾向。

对西方样本的化用从"短篇小说"这种最便利的形式开始。

---

① 刘勇，龙泉明. 中国小说现代转型的历史性出场——"问题小说"新论［J］. 江苏大学学报（社会科学版），2005（3）.

② 茅盾. 俄国近代文学杂谈［M］//贾植芳. 文学研究会资料：上册. 郑州：河南人民出版社，1985：320.

1918 年 5 月，胡适在《新青年》发表《论短篇小说》，提出"短篇小说是用最经济的文学手段，描写事实中最精彩的一段，或一方面，而能使人充分满意的文章"，事实中最精彩的一段或一方面是指"一人的生活，一国的历史，一个社会的变迁，都有一个'纵剖面'和无数'横截面'"①。胡适的"横截面"理论被《新潮》小说家们引为导向，逐渐形成旁观者视角，以"我"看或听或"我"与他者对话的结构，镶嵌或连缀所观察的事件，淡化情节，不求事件间的内在联系，不做深入分析，不提供结论，也无意塑造典型人物，只再现生活的片段场景，集中暴露矛盾，以此揭示纷繁复杂的社会问题。

冰心曾解释这种模式："我做小说的目的，是要感化社会，所以极力描写那旧社会旧家庭的不良现状，好叫人看了有所警醒，才能想去改良，若不说得沉痛悲惨，就难引起阅者的注意。"② 不止于冰心描写"不良现状"，叶圣陶还倾向于对所观察的现象进行反思，有感而发地"讽它一下"。为引起读者关注，选择典型的"横截面"片段场景，采用平行移动（看）和复调（听）方式进行串联，是叶圣陶小说的常用手法。

在视角平行移动的小说文本如《恐怖的夜》《悲哀的重载》《隔膜》《晓行》《旅路的伴侣》中，叙事者"我"通常在旅途中，因寂寞、隔膜而烦闷，因长时间沉浸于有关人生的思考而生发出夸张的痛苦和懊丧，于是得以旁观生活百态，以移动的视角和浓缩的片段印证叙事者的哲理思考。

---

① 胡适. 论短篇小说 [J]. 新青年，1918，4（5）.
② 冰心. 我做小说，何曾悲观呢 [C]//记事珠. 北京：人民文学出版社，1982：283.

再现式叙事模式在被评价为"现实主义"风格的童话中相当明显。为突出社会问题的多重层面，在《眼泪》《画眉》《瞎子和聋子》《克宜的经历》《快乐的人》《稻草人》中，都存在一个旁观视角，比如寻找同情眼泪的人、画眉鸟、瞎子和聋子、从乡村到城市的克宜、快乐的人、稻草人，他们不参与故事，没有行动力，只是借用其眼睛观察人间万象。如同小说中的旁观视角，这些叙事者通常行走在路上，以形成客观的视角移动和声音的复调。《瞎子和聋子》中为感受世界两人的残疾互换，但嘲讽的笑声、劳困的喘息声、杀猪的嚎叫、血流盆钵的声音……一齐配合画面混合成喧哗的立体声响和可怖的现实。唯有最后一篇《稻草人》，因受限于角色的物性特征而无法移动，但依然会通过视线远近、旁移和声音来衔接从麦田、渔船到河边的三个场景：

> 一个星光灿烂的夜间，他看守着田畦，手里的扇子轻轻摇动。
>
> 这时候天气很凉了，更兼在夜的田野之中，冷风吹得他的身躯索瑟颤动，只因他正哭着，没有觉得。忽然一个女子的声音："我道谁，原来是你。"提醒了他，方觉得身上非常寒冷……他看那个女子，原来是一个渔妇。田亩的前面是一条河流，她的渔船就泊在那里，舱里露出一粒火焰。
>
> 星光渐渐微淡，四围给可怕的黑充满了。稻草人忽觉侧面田岸上有一个黑影走来，仔细望去，蓬乱的发髻，宽大的短袄，认得出是一个女子的影子。她立定了，望那停泊着的渔船；不再走过来，却转身向河岸走。

三个场景各自独立没有交集，但使用叙事话语衔接流畅自然，仅以稻草人逐渐增强的情绪进行串联，他"低头哭了""更为伤心了""他心碎了"，为稻草人的最终倒地梳理出了自然的发展过程。这种性质相同的场景"反复出现"三次，通常被研究界解释为对民间故事结构"三段式"的借用。但通过对问题小说叙事模式的考察，其"反复"的方式更接近于典型场景的再现叙事①。但稻草人作为画面的观察者始终沉默，没有声音且无关故事，并未建立起自己的个性，其自我意识由不在场的真正叙事者代为描述，从而使得"稻草人"这个形象变得不可靠且显得多余。这篇在立意上取法于英国浪漫主义作家王尔德《快乐王子》的童话，并没有在叙事方式上模拟王尔德童话的复杂逻辑和鲜活的人物塑造，采用的依然是问题小说以"问题优先"而弱化情节和人物的叙事模式。

选择典型场景集中展示矛盾，很容易造成"堆积苦难""灌注绝望情绪"的"非儿童本位"特点，这并非来源于作家对"童话"这一文体的失败认识或儿童观的错位②，而是问题小说的整体局限所致。

杨义认为处于现代小说开创期的问题小说虽有积极意义，但"问题急切而答案空渺，问题重大而形象弱小，是它们在思想上和艺

---

① 研究者论证的"三段式"童话，如《一粒种子》（朱自强. 论新文学运动中的儿童文学［J］. 上海师范大学学报，2013（7）），情节的高潮和完成恰恰出现在第四个场景，类似的篇目还有《眼泪》《克宜的经历》等。这种"变型"与问题小说更注重选择典型场景而非"反复"的次数极具相似性。

② 自"童话"一词被引入中国，无论创作或研究对文体的认识并不明确，童话往往成为"儿童文学"的代名词，叶圣陶在40则《文艺谈》中有关儿童和儿童读物创作的讨论主要局限于题材和内容，少有文体的区分或界定。因此，以今天较为成熟的"童话"概念评价儿童文学草创之初不够"浪漫轻灵"等美学局限，未免偏颇。

术上的基本倾向"①。因为遵循只问病源不开药方的原则,叶圣陶有意"把自己的主张的部分减到最少的限度……我认为自己表示主张的部分如果占了很多的篇幅,就超出了讽它一下的范围了"②。因此在视角的平行移动和声音的复调中,只有典型问题,而没有典型形象或性格的美学呈现。

与小说一样,童话集中频繁出现了叙事者极具个人性的哲理式独白,比如稻草人逐渐绝望的情绪、克宜对城市人群未来真相的恐惧、画眉面对人间怪现象的疑惑、寻找同情眼泪的人的遗憾与找到后的开心,但小说并无意展示其内在意识的流动,叙事声音虽然多重,叙事者的意识与他者未曾发生对话,而只是借助其视角对外在画面进行补充和说明。同时,在叙述语或人物对话中,时常出现文雅的书面语。比如,《瞎子和聋子》中聋子渴望听见声音:"我若能听辨一些的声音,我就有福了。我料想蝴蝶能够听,可以听辨菜花的低语,蔷薇的浅笑。我又料想小鱼能够听,可以听辨小溪的独唱,水草和蛙儿的合奏。"这种身份与话语的错位,更多传达出作者而非人物的声音。因此,貌似复杂的复调声音仍然只是客观再现和观念表达的产物,以群像出现的人物并不能建立起鲜明的性格特征。

与旁观视角不同的是,《傻子》《跛乞丐》《祥哥的胡琴》《花园之外》等篇目中出现了主要人物而非人物群像的情节故事以及顺序发展的叙事进程。比如,傻子说明同伴宁愿自己受罚、捡到银子归还老妇人,将难得的食物分给难民等;跛乞丐为恋爱中的人、病中

---

① 杨义. 中国现代小说史:第一卷 [M]. 北京:人民文学出版社,1986:120.
② 叶圣陶. 随便谈谈我的写小说 [M] //刘增人,冯光廉编. 叶圣陶研究资料:上. 北京:知识产权出版社,2010:308.

的孩子、小动物送信而中枪残疾；长儿想进花园而幻想出各种场景等等，每个故事均由主要人物的几次经历连缀而成。这看似弥补了仅依靠视角移动来展示场景和群像的局限，但情节推进依然突出的是主要人物的遭遇，而非以丰富和发展人物性格为目的。因此，童话中的傻子、祥儿、长儿除了抽象的"善"的面貌，并未体现出更立体的形象。同时，愚痴的傻子如何仅靠愿自我牺牲便感动了好战的国王，来自乡野的祥儿被城市音乐院接纳获得登台演出的机会却又被城市听众嫌弃……缺乏细节的描述未能顾及故事的逻辑性，而同样呈现出"问题优先"、观念大于形象的特征。

早在 20 世纪 30 年代，茅盾已认识到这一叙事法则的局限："第一是几乎看不到全般的社会现象而只有个人生活的小小一角，第二是观念化"，"他对于这个特殊的社会生活的知识……缺少真正的透视和理解，他不能把他的材料好好地分析组织，试来一个大规模的全面表现"①。时代不仅需要提出问题，更需要对问题更全面深入地观察分析。这一趋势使"问题小说"不可能长久存在，于 1923 年后逐渐沉寂和分化，而被渐趋成熟的写作模式取代。

而《稻草人》以 23 篇童话作结，不仅是"在写得如此黑暗以后，再要能写得更黑，更绝望，恐怕已经是任谁都无从措手足了"，"将他自己带到了绝境"②，更是因为问题小说的整体叙事困境所致。无论是郑振铎不再主编《儿童世界》，还是叶圣陶已将更多精力致力

---

① 茅盾. 导言［M］//中国新文学大系·小说一集（影印本）. 上海：上海文艺出版社，2003：12.

② 刘绪源. 重评童话集《稻草人》——兼论叶圣陶何以中断 1922 年的童话创作［J］. 南方文坛，2012（3）.

于教育和编辑事务，这些客观因素都成为叶圣陶暂时中断"问题小说式"童话创作的契机，而此后的小说集《线下》《城中》以及长篇小说《倪焕之》和第二本童话集《古代英雄的石像》，均开始脱离早期问题小说创作的模式困境，发展出更为深入的问题分析角度。

## 四、结论

1921 年 6 月叶圣陶在《文艺谈·三十九》中谈到："希望今后的创作家多多为儿童创作些新的适合于儿童的文……当初我们看的固然是很好的东西，但里面的思想情调不合于现代的一定很多，倘若叫他们也看那些，难免与他们以潜隐的损害……而现在最急需的却是新鲜的滋养的食料。"① 5 个月后，叶圣陶创作出《小白船》这一"新"的文学作品。而20 世纪30 年代鲁迅在《〈表〉译者的话》中同样提出"新"的问题："十来年前，叶绍钧先生的《稻草人》是给中国的童话开了一条自己创作的路的。"这句被广泛引用的评论，并未指明是否开创了"现实主义道路"，若结合前后文表述，可看出鲁迅是在对《稻草人》之后并没有沿着这条"自己创作的路"再产生大量"新"的表现"中国"儿童真实生活的作品提出严厉批评："为了新的孩子们，是一定要给他新作品，使他向着变化不停的新世界，不断的发荣滋长的。"② 鲁迅对《稻草人》的赞誉和对"新"的强调，与其对"问题小说"用文学形式关注新的现实、发挥启蒙功能的肯定评价是同样急切的呼声。

---

① 刘增人，冯光廉编. 叶圣陶研究资料［M］. 北京：知识产权出版社，2010：244.
② 鲁迅.《表》译者的话［J］. 译文，1935，2（1）.

　　因此，《稻草人》并不是一本单纯书写"儿童"的"童话"集，其创作过程并非有意区分出从浪漫主义到现实主义的"前后"转向，而是作为"问题小说"思潮的同代产物，与叶圣陶的小说集共同记录和反思包括"儿童""童年"在内一系列新的社会问题。尽管这一思考在叙事技巧上难称成熟，对此后的儿童文学创作也未能起到范例作用，但其问题意识和"先锋性"① 参与了"五四"前后新文学对新国与新人的理想建构，仅以"现实主义"、是否"儿童本位"或是否具备"童话"文体的浪漫轻盈来评价其优劣将可能遮蔽对《稻草人》更全面的价值认识。

---

① Mary Ann Farquhar. *Children's Literature in China – From Luxun to Mao Zedong*, M. E. Sharpe, Inc, Armonk, New York/ London, England, 1999, 104.

## 第三节　当代"探索性作品"的叙事革新

20世纪80年代中期至90年代初，当代儿童文学史上出现了一批"探索性"作品，儿童文学作家班马、梅子涵、张之路、董宏猷、金逸铭、陈丹燕等摆脱传统儿童文学的宏大叙事模式，强调叙事技巧和写作方法，倡导为儿童写作、与儿童平等对话的创作理念。这是一股引起相当大争议并对儿童文学创作产生了一定影响的创作潮流，既与同时期"先锋派文学"① 相呼应，又明显体现出儿童文学在叙事形式上的实验、困扰、调整与反思。

20世纪80年代以来的中国文学围绕着思想解放等命题展开了一系列创作和论争。1987年到1990年之间，儿童文学领域的重要刊物《儿童文学选刊》连续从其他刊物收集选登了一批小说、童话，并命名为"探索性作品"加以关注和讨论②，并以编者按的形式呼吁儿童文学界对该现象引起关注。探索性作品以强烈的表达欲望所折射出的历史焦虑感直接影响了文本的话语选择和叙事特征，在文学观念和文学写作上的重要作用至今仍不容忽视。

---

① 陈晓明认为："'先锋派'这一概念在当代文学批评实践中有了特定的所指，为了与80年代上半期出现的现代派区别，它用于指称20世纪八十年代后期出现的一个在文学形式方面大胆创新的群体。"陈晓明. 表意的焦虑——历史祛魅与当代文学变革［M］. 北京：中央编译出版社，2002：79.

② 《儿童文学选刊》杂志在20世纪八九十年代儿童文学界具有一定权威性，且集中时间段和篇幅专门探讨"探索性作品"，引起较大反响，因此本文沿用了"探索性"这一概念，并选取在该杂志"探索性作品""探索与争鸣""探索专页"等栏目出现的作品作为探索性儿童文学的代表篇目。

## 一、20 世纪 80 年代儿童文学场域①内的成人与儿童

"探索性作品"的兴盛时间集中于 20 世纪 80 年代中期到 1990 年左右,与"先锋派文学"的主要时间段大致一致或稍有滞后,同时在叙事指向上受寻根文学和现代派影响,形式因素浓厚,可见文学场的发展脉络深深影响了儿童文学子场域。

### (一)"先锋"文学的社会文化语境

20 世纪 80 年代以来,文学一再表示要寻求自己的独立品格以及人性的张扬,但纵观各种叙事文本,人性以及文学美学规律的展示一直是高居"大写的人"的位置,追求民族国家的宏大叙事。即使 20 世纪 80 年代前半期短暂兴起过"意识流"写作,其叙事动机也是隶属于"探索现代人的灵魂世界"的标题之下。文学虽然不再附庸于阶级斗争,但我们还是可以看出经济、政治等社会文化场域如何形塑了文学创作的外部语境。

20 世纪 70 年代末进入改革开放时期,西方经济和科技的涌入迅速加快了中国现代化进程。随之而来的是思想文化层面的现代性冲击着国人的精神领域,与西方的差距立刻演化成一种民族焦虑感渗透到精神生活。此时寻找民族文化之根、走向世界(也即走向西

---

① 场域是笔者从法国社会学家皮埃尔·布迪厄那里借用的一个概念。一个场域(field)是由附着于某种权力(或资本)形式的各种位置间的一系列客观历史关系所构成的。在布迪厄看来,整个社会可以分成无数个小的场域,如知识分子场域、文学场域、艺术场域、宗教场域、科学场域等。只要具有相似资本的群体聚集在一起,就可以形成一个有自己独特游戏规则的场域。(参见布迪厄,华康德. 实践与反思[M]. 李猛,李康,译. 北京:中央编译出版社,1998:18.)在笔者看来,文学场域是一个拥有自己独特运行规律的领域,而儿童文学则是文学场域中的一个子场域,深受文学场域运行规律的影响,同时也形成了自己的特色。

方)、重建国家昔日之辉煌的意识,成了每一个中国人内心深处抑制不住的奋斗动力。在这种主流话语引导下,文学从"反思派"走向"寻根派",力图写出民族生存的历史文化谱系,并用现代意识观照民族进入现代化进程后所遭遇的价值危机。因此,即使20世纪80年代前期即已提出"回归文学"、张扬人性的艺术主张,但所有人性和"我"都不由自主地加入了宏大叙事的行列。在意识形态充分活跃的时期,文学再次承担起启蒙和"救赎"的历史重任,儿童文学也应"承担着塑造未来民族性格的天职"①。这是20世纪以来将"童年"成长叠加在国族未来的又一次深入体现,"儿童"(或类儿童的动植物形象)形象无不以抽象共性的面目传达出深刻隐喻,而个人话语以及个人写作带来的叙事创新还未能引起重视。

　　直到20世纪80年代中后期,文学的个人化写作因及时提供了艺术上的新颖形式而凸现出自己的价值。前期的启蒙意识被搁置,文学写作在重新发掘自身的意义。此时先锋派文学兴盛,不再显示主题的历史深度,而是将注意力转向叙事技巧,文本形式和语言的创新因素成为首要表现的内容。但此时的先锋文学有着难以复制的文化特性。如果说现代时期的先锋精神发生在无数小团体的宣言和活动中,如自由发行自己的文学刊物,以极端的态度公开挑战"文学共名状态"②,抨击更为正统的文学风格和思潮的话,在20世纪80年代的文化语境中,许多被冠以先锋的作品却都得到了主流文学的承认,发表在发行甚广的主要文学杂志上。也就是说,这些作品

---

① 曹文轩. 中国八十年代文学现象研究 [M]. 北京:作家出版社,2003:359.
② 陈思和. 试论"五四"新文学运动的先锋性 [J]. 复旦学报(社会科学版),2005(6).

和作者首次面世时均已获得主流"承认"，这预示着先锋精神在产生之初即已消解，而难称真正的先锋，其极端的语言实验停留在了有限的形式层面。先锋文学中的精英启蒙话语和主流意识形态杂糅而生，其对现代性的诉求与20世纪二三十年代的现代文学或鲁迅小说的先锋性与现代性都有明显区别，这最终导致了大多数先锋小说作家在20世纪90年代以后的转向，他们很快摒弃极端的实验主义，转而创作可读性更强，也更有市场的作品。

先锋派文学的生成机制与文化特性在同时期产生的儿童文学"探索性作品"那里获得了同质性表达。

（二）"探索性作品"在儿童文学场域内的地位

20世纪80年代前期现代派、寻根派文学借助主流社会思想氛围占据文学场权威地位，作家的个人表达方式在叙事中的作用远远不如主题内容被看重。20世纪80年代中期开始，一直未进入主流话语圈、过于讲究个人语言技巧的文学形式有了兴盛的可能。文学场结构发生变化，大批作家开始热衷于追求叙事技巧，逐渐取代了先前的中心而成为评论界关注的焦点。先锋派文学有意远离意识形态中心，希望凭借形式创新书写个人经验，但这种个人化写作方式又被迅速再造为新的中心地位，成为文学场的新权威。"这就是话语的权力，通过谈论某种话题，这个话题被置放到历史的中心，于是这个话题起到意识形态的轴心构造作用，在这个标题（纲领）之下，人们写作了一种历史文本，讲述了一个时期的神话。"①

---

① 陈晓明. 表意的焦虑——历史祛魅与当代文学变革［M］. 北京：中央编译出版社，2002：85.

87

　　在儿童文学领域，以揭示社会问题、反思历史的少年小说和"热闹""抒情"派童话为主流地位①的儿童文学子场域在 20 世纪 80 年代中期出现了新的格局，被命名为"探索性作品"的叙事文本迅速成为另一个讨论的中心。

　　首先，文学场内具有举足轻重地位的评论界关注的焦点转移到了"先锋派"文学，而以班马《鱼幻》为标志的"探索性作品"发表或受关注时间与"先锋派"文学相同（该作品 1986 年发表于《当代少年》，"先锋派"以马原、洪峰等人 1986—1987 年发表的一系列作品为标志，同样也是在 1987 年受到评论界关注），而且同样在叙事方法上有令人耳目一新的改观。可见文学场内中心地位的变更也影响到了儿童文学子场域，"探索性作品"对叙事技巧的重视和个人经验的书写逐渐占据场域内主要地位。

　　其次，"探索性作品"原散见于不同刊物，作者之间也未形成某种团体和统一主张，但《儿童文学选刊》1987 年开始"探索性作品"的集中选载和评论，权威性刊物将其界定为一类，很大程度上宣布了场域内这一群体文化资本拥有的合法性②，从而确立了叙事文本的中心地位和历史影响。

---

① 王泉根教授指出，20 世纪 80 年代以来"因循守旧的板块终于被总体骚动、局部深入的艺术新格局所取代，统率这种新格局奔突向前的则是少年小说和新潮童话两股热流。"（现代中国儿童文学主潮［M］. 重庆：重庆出版社，2000：208.）

② 《儿童文学选刊》在选载《鱼幻》的"编者按"中写道："本期起增设'探索性作品'栏。""近年来常见的探索性作品的提法，显然是狭义意义上的运用，指当前生活观念和文学观念更新过程中作家在作品思想与艺术上变化幅度较大的追求，带有试验的性质。本刊这个栏目也指此。"（1987 年第 1 期，32 页）

## 二、叙事语境中的成人与儿童

当不同创作流派分别在儿童文学场域中占居中心地位、获得话语权力时，文本叙事的对象，同时也是场域内行动者之一——儿童又在何处？成人对儿童想象方式的变化也必然通过场域内不同流派对话语中心地位的争夺而体现出来。

王泉根教授将 20 世纪 80 年代的少年小说主题总结为"问题小说""代沟小说""身边小说""男子汉小说""工读生小说"等①几种类型，此时儿童作为集体群像的符号标记出现，文本叙事中的每个人物都足以代表一种社会问题或现象而引起成人社会的讨论。同时，被讨论的是与主流话语息息相关的文本的主题内容，而作为文学形式本身的叙事意义被搁浅。因此，成人的"救赎"心态实际上带来的是儿童作为个体特征的缺席和失语，他们显然是作为社会问题的符码被权力话语"言说"和想象。

儿童失语状态在"探索性作品"中出现了某些改观，成人作者开始寻找与儿童读者平等对话（而非单方面的"救赎"）的途径。1987 年，班马在与楼飞甫的通信中详细阐明了自己创作《鱼幻》时的思考和动机："谁说孩子们的内心直指向未来，其实在他们心中，星际航行和古代事情是并存的，只有他们才天生地接近洪荒、巫术和古人，只是他们无法讲清种种远古情绪。""儿童文学的创新突破，更重要的应是在开拓儿童读者'接受'上的新领域，而不是仅为形式上的一味出新，或题材上的出格。""所谓'接受美学'上的'接

---

① 王泉根. 现代中国儿童文学主潮［M］. 重庆：重庆出版社，2000：208 – 209.

受'，其真意并不在读者爱不爱看，接纳不接纳作品，而是旨在探索作品应如何在阅读进程中才完成，唤起读者在读解上的主体意识。"①

班马的思考和略带矛盾的陈述已经显示出对成人与儿童"救赎"关系的反思，并开始寻找儿童作为他者的真实精神世界，以及文本叙事中的读者语境和阅读体验。② 但班马越过了现实读者的主体认同，认为作品的意义在于唤起"读者在读解上的主体意识"，他的"读者"仍然停留在隐含读者（理想儿童）的层面，因此与其理论上对儿童的认识呈现出明显的矛盾和偏差。这影响了作家的叙事选择。在此时的儿童文学场域中，成人想象儿童和童年，为儿童预设一种不同于"救赎"关系但依然理想化的成长方式。

因此，20 世纪 80 年代中后期的"新潮"或"探索"因其中心和合法，而更类似于有限度地反叛。与先锋派文学开始书写"我"这一个人化叙事的发展路径稍有不同，儿童文学形式"探索"的先锋性是直接针对"童年—国族未来"这一现代隐喻关系的反抗，力图回到真实的"儿童"与"童年"本质层面进行阐释。但"儿童"依然作为"他者"存在，作者反复探索的是如何传达这个"他者"的声音，而与其所反抗的"宏大叙事"中的"儿童"并无本质区别。这正是"探索性作品"的作家们从"儿童"出发的理论与个人

---

① 班马，楼飞甫. 关于《鱼幻》的通信 [J]. 儿童文学选刊，1987（3）：55.
② 这种特征较明显地体现在《鱼幻》及以后的"探索性作品"中，但当时儿童文学理论还没有大量注意到文本叙事的变化，理论主题依然集中于成人"救赎"的强势话语，比如，对班马小说和《黑发》的部分争论，关于"塑造未来民族性格"和"人的主题"的提法也分别出现于"探索性作品"兴盛的 1988 年和 1990 年。

化叙事探索出现错位的重要原因。

从用文学"救赎"儿童到"为儿童写作",从儿童文学的宏大叙事走向面对"儿童"的小叙事,"探索性作品"对"儿童"和"儿童文学"的思考是 20 世纪 80 年代中后期一个极深刻的侧影。

### 三、"探索性作品"的叙事特征

"探索性作品"逃离主流话语、注重自我和儿童精神世界的表达,使其成为儿童文学场域中新的关注焦点,其在场域内的地位变化和成人对儿童想象关系的变迁,都深刻影响了文本叙事方式。

20 世纪 80 年代中期以后的儿童观虽然变化,但文学已经无法言说现实而被主流话语边缘化的趋势往往也使作者产生了另一种急切心态:用形式的创新来言说意义,以在场域中重新获得地位。成人走出用儿童文学进行宏大叙事的状态,期望真正审视儿童的精神生活,但焦虑和急切又使作者急于塑造另一种合乎想象的"儿童",比如浪漫的、苦闷的等形象。这再次导致了理论和创作上的错位,在叙事选择上,成人依然在"代替"儿童发言,这造成了与现实儿童的隔离。直到"探索性作品"后期,叙事实践才出现改观。

从总体上看,"探索性作品"表现出努力逃离现实总体性的束缚,而进入个体经验式的描述,如《鱼幻》《野蛮的风》《双人茶座》等文本对个人表达和语言技巧的重视。同时,作者和文本内的成人形象都似乎减弱了自己曾经的强势姿态,儿童作为个体世界的真实声音和阅读体验开始得到显现和重视,使"探索性作品"努力在主题上贴近儿童真实内心世界。比如,在《鱼幻》和《野蛮的风》里班马主观上力图探索儿童精神世界的源头，还原儿童内心原始力量的本真面目①；梅子涵擅长用第一人称倒叙、插叙等叙事时间的间隔错位展现少年躁动、复杂的真实心态，讲究意识流动的不完整性和真实性。但正如班马对"读者意识"在认识上的矛盾，这个"读者"依然是观念上的想象载体。但在后期两位作家的《六年级大逃亡》《我们没有表》等作品中，叙事有了改变，展现出儿童心灵的原生状态，努力在叙事中凸显读者意识，让儿童更多表现出自己的真实声音。此时，现实读者（儿童）的热烈回应②也正是作者的叙事选择获得认同的证明。

"探索性作品"开始出现于整个文学突然对现实失语的时期，形式主义策略隐含了强烈的表意焦虑，柔美的抒情、叙事的长句以及叙事者（也可以说是隐含作者）强烈的主观感觉意识成为主要表现方式。但这种叙事策略实际上依然强化的是成人的主观感受，以及借用形式来言说意义的目的，也使作者在主观上寻求与儿童对话的愿望没有在叙事实践中得到体现。

在选载的"探索性作品"中，有一部分在题材上突破了某些禁

---

① 尽管班马在理论上还未能清楚地认识到和阐明儿童世界的特殊性和与成人世界的平等对话性，比如依然承接传统观念认为"儿童状态就是低级的，包括审美。我认为我们儿童文学中传统标准对'儿童水平'的颂扬，是一种失误。"但实际上其创作已经走出主流意识形态的困扰，而开始注重儿童的精神内涵和作为读者的接受体验："我愿追求'超前'的观念，追求运用感触性字面去写那种孩子们还表达不出来的'感觉'。"这在某种程度上正是班马意欲重视真实读者、努力"代表"（而非"代替"）儿童发声的体现，也是叙事技巧上形成对话性局面的开始。

② 方卫平在《走向新的艺术常态——<我们没有表><六年级大逃亡>读后》中写道："而少年的读者也以他们真诚的共鸣回报了作家的努力。当我读到少年朋友给发表《六年级大逃亡》编辑部和作者班马的部分信件时，我为他们对作品的深切体味而感动。"（儿童文学选刊. 1991（1））

区，但并未在语言形式上有所创新，如《黑发》《那神奇的颜色》《"女儿潭"边的呐喊》《"砍协"秘书长》《一岁的呐喊》（即使形式上有某些新颖之处，如采用第一人称不可靠叙述，但内容的强势话语还是胜过叙事技巧的运用）等；另一部分文本则注重叙事形式上的突破，如《双人茶座》《我们没有表》《长河一少年》等。其中班马的作品兼具叙事形式和内容上的创新性，同时作品在时间上的先后排列也显示出"探索性作品"本身在叙事上的发展脉络，因此本文将其作为"探索性作品"的代表进行分析。

班马被纳入"探索性作品"的 3 篇小说《鱼幻》《野蛮的风》《六年级大逃亡》都曾引起激烈争论，其焦点集中于两点。其一，情节淡化是否符合儿童阅读习惯；其二，自我表达是否真实地反映了儿童内心。而这些疑问直接针对的是文本在叙事上的创新所带来的与现实读者的距离。

在《鱼幻》中，文本的叙事视角一反常规，采用第二人称叙事，形成强烈的叙事对象感和对话姿态。将聚焦视线设置为"你"的角度，虽然在阐释心理上更容易造成与读者的亲近感，成为一种叙事推动力，但主人公被讲述和被展示的状态十分明显。叙事者超然事外，却表现出强烈的叙事控制姿态，在大量的个人体验描述中，随主人公视线展示的感觉经验实际上是寄居在叙事者的主观描述中，这使儿童声音依然被成人权力话语代替，聚焦中体现的意识不是人物的，而是叙事者或成人作者的主观意识和想象。因此，本应由"你"开启的与叙事者或作者的对话并没有达成，"你"在更多时候是一种"被偷视"的无声状态，也更难成为一种主体位置被读者认同。比如，文本开头的叙述：

> 你一眼就识出了蓝底白十字的挪威旗。一个穿短袖红衫的外国水手，孑立在风很大的甲板上，你不知不觉地将自己细细的手臂撑在堤上，就像撑在船舷上一样。你老喜欢琢磨那些海轮的漂亮外形，望着舷窗，望着舰桥，望着各自不一样的红烟囱、灰烟囱或是蓝白烟囱，看它们缓缓从外滩驶过，你知道黄浦江就从那密集着桅杆和吊塔的江段朝吴淞口流去。出了吴淞口，就到了长江口，出了长江口，就到了海洋了。

主人公"你"的视线形成一种"内聚焦"，从人物有限视角观察外界对象，显示出作者寻找与少年内心对话模式的努力。但叙事很快进入"全知全能"的被述状态，"老喜欢""琢磨""知道""望着""看"等表达心理、认知或动作的词汇具有了描述心理情感和情绪色彩的功能，将叙事幻化为浓郁的抒情风格，成为突出的形式表达因素。

此后人物对白以及主人公对鱼的幻觉实际上也成为叙事者（成人）的想象，儿童并未真正发声：

> 这大鱼的影子总是不离你。有时它出现在船尾，牵动股股水纹。有时它在浅滩上露出墨黑光滑的几倍。又有时船过一段白墙庭院，森森的龙檐伸向夜空，而水中豁啦一声，你觉得又是它，也在这里掀露一段鳞身，便没入那深水之中……
> 你从绳圈上站起看。桅灯在甲板上照出一圈光影，岸上仍是很黑。在缓缓的行进中，只见参天古树紧挨着开始多起来。

　　叙事使用第二人称，似乎站在主人公的角度进行，但聚焦和言说方式均与故事外叙事者的话语混同，成为全知全能的叙事模式。主人公虽为少年，但明显处于被描述和被述说的位置，人物自己的真实声音很难在叙事者的强势话语中显现，因而难以形成少儿读者可以接受的主体位置。这也是评论者争议最多的地方。①

　　其次，由于文本采用的第二人称视角，使得叙事时间与故事时间同步，都指向正在进行的"现在"：正在叙述，也正在发生，体现出作者意欲"展示"（而非主观性地"讲述"）少年内心体验的愿望。而叙事者强烈的主观表达，却难以达到"展示"的客观性。

　　班马在创作谈中写道："比之'寻根'，我更倾向于'文化背景'的说法，要促使这一代青少年的心灵与我们本土的文化背景中的闪光点相碰撞。"而《鱼幻》"想写的是主人公由陌生地域的陌生感所产生出的神秘感。我认为这是合理的心理，也更符合少年儿童的特点"②。由此可见，作者力图发掘少年儿童内心体验，还原其本真形态，这正是"探索性作品"以前的文本在主流意识形态话语框架内被忽略的内容。但也正因为"儿童"始终是传达的"他者"，作者在意图远离主流话语困扰的写作状态中，文本又通过形式创新和语言的修辞策略来转化一种被压抑的表达欲望，作者对话的是观念上的"儿童"，这个隐含读者体现出了明显的"被想象"特征，使叙事走向单向对话的模式。尽管班马一再表明自己对少年心理和

---

① 很多评论者认为《鱼幻》的探索并不成功，原因在于成人主观意识的强势话语掩盖了表达对象的真实声音，从而造成阐释的困难，比如郑晓河的评论文章《不要离开自己的读者》和楼飞浦的质疑。尔后对《野蛮的风》也有过类似争议。
② 班马，楼飞甫. 关于《鱼幻》的通信 [J]. 儿童文学选刊，1987（3）.

阐释接受的重视，但叙事实践和创作理念还是出现了疏离。

　　事实上，叙事视角或情节的统一连贯并不是叙事的唯一方式。"很多叙事抵制、逃避或拒绝这一情节模式及其关于叙事的一致、连贯和目的的明确假设。""这些文本坚持其碎片性、开放式结尾、矛盾性、挑战性，让故事'没有情节'。"① 在叙事更为开放多样的文本中，同样需要在与读者的相互交流中形成推进情节的动力，而不仅仅是作者自身观念话语的单向表达。

　　就在"探索性作品"一直困扰于这种叙事形式时，《我们没有表》和《六年级大逃亡》等文本带来了转机。在《六年级大逃亡》中，文本中的叙事者与主人公为同一人，"我"——一个六年级学生李小乔拥有了话语权来讲述自己的故事。与前期"探索性作品"一样，聚焦角度依然习惯指向人物内心，但与《鱼幻》不同的是，作者把话语权交给了"我"，而《鱼幻》中却是由成人为主人公"你"代言。"叙述的展开主要不是受制于某个清晰的外在的事理逻辑，而是更多地服从于叙述者模糊的内在的情绪逻辑"，"作为社会存在的文化环境、氛围与主人公的精神世界之间，已经开始实现了一种自然而深刻的沟通和联系。这是试验小说进入新的艺术常态并逐渐走向成熟的一个预兆。"② 也就是说，虽然文本是成人创造，叙事无法摆脱成人的想象性意识形态，但在这种权力话语的框架内，成人力

---

① 〔美〕布赖恩·理查森. 超越情节诗学：叙事进程的其他形式及《尤利西斯》中的多轨迹进展探索〔C〕//〔美〕James Phelan, Peter J. Rabinowitz. 当代叙事理论指南. 申丹，等译. 北京大学出版社，2007：174.

② 方卫平. 走向新的艺术常态——《我们没有表》《六年级大逃亡》〔J〕. 儿童文学选刊，1991（1）.

图避免自己的强势表达，而让儿童发声。

我们从《六年级大逃亡》的叙事结尾可以相当明显地看出与《鱼幻》截然不同的"代表"儿童发言的话语方式。文本在最后一小节"作者附言"中写道：

> 小乔，我的朋友，我当然会在这里尽力向读者们写下你那时的真实心情。可我也确实担心，在他们还没有把关于你全部经历的小说都读完之前，我的笔是否可以将它传达出来。

叙事者在这里以在场的方式将聚焦角度从"我"的视角转移到故事以外，李小乔的身份也从"我"变换成"你"。但与《鱼幻》中的"你"不同的是，作为成人的叙事者"我"（或者"作者我"）首先将"你"称呼为"朋友"，并表现出完全尊重主人公（儿童）故事的隐私性和讲述的客观性的叙事态度，这与正文中完全由李小乔自己叙述故事的"放任"方式一致。

同时，叙事者"我"甚至还担心读者会因为自己叙述得不完整而不能全面了解主人公，于是又追加叙述：

> 你和安丽是在那天下午来到曹杨新村的，在西坠的太阳下，你老远就看见了那座你已经十分陌生了的曹杨十小……

> 小乔，你是在见到它的这一刻才产生了想要进倒它里面的愿望？还是在火车上遇见安丽开始萌发起来？甚至，还是在你五个多月漂流在外地打零工的时候，就已暗暗勾起你作为一个学生的失落感？这是别人大概无法完全懂得的。你自己也不一定明白。

> 我知道要是我说你是渴望读书渴望学校，那是歪曲了你。我知

道，你恨学校，你确实感到难受感到没劲而不喜欢它，但现在你又感到一种渴望，一种说不出的渴望。

于是你从遥远的地方归来，先没有回家，而爬进了你的学校。

显然这里隐含了作者（或叙事者）和主人公（儿童）之间是在以对话的方式进行叙述，虽然主人公不一定在场，也没有发声，但叙事者的视角严格遵守自己的位置，客观地观察故事，真实地叙述儿童，或猜测或反省，始终不做无端地越界、转移或强行进入主人公内心，这极大地增强了叙事的可信度。而且，叙事者的语气相当低调和诚恳，似乎是一个与主人公端坐在一起，努力希望获得儿童信任的成人朋友。可见，早期"探索性作品"叙事中成人表现出来的焦虑感和急切感在此刻已经变得平和轻松，作者既是与主人公对话，也是在与隐含读者交流中，成人放弃了以往的权威心态，而真正走向儿童的精神世界。

不仅如此，作者将自己对成人与儿童关系的重新思考移入了叙事。在故事中设置了新的成人形象：恶狠狠的曹老师（被叫作"曹大头"），不仅凶狠，而且打人；疑心而严厉的民警；还有公共汽车上一群对"我"哄笑的成年人。可以说，故事中的成人都是以不太好的面目出现，不仅一改以往叙事中教育者引导者的形象，而且"我"与他们形成难以沟通的对立关系。然而作者并非要强调成人与儿童之间这种负面关系，而是把成人作为"他者"，从儿童的角度观察成人。这既表明成人对自我的一种反省，也是还给儿童一个言说成人和自己的机会。这种去掉了"成人中心主义"的平和心态深刻体现出一种真正的读者意识，并在叙事实践中完成了这种儿童观的表达。① 显然班马的思考在逐渐摆脱成人话语的强势地位，而"代表"儿童言说自己的心灵世界，其后期的叙事试验也是"探索性作品"在寻求与儿童真正达成对话的进一步努力。

"探索性作品"受文学语境影响而与"先锋派文学"趋同的探索热情和叙事革新，更可看作五四儿童文学在形式探索上的进一步深化，如第二人称的使用、视角的转移等，正是儿童文学开创之初同样受现代小说影响但还未来得及完成的形式探索。叙事作为"有意味"的形式，深刻体现出内容和观念上的变迁，尽管 20 世纪前后两次同质性的探索历程饱受非议②，但不能不说这是儿童文学作为文学子场域无法自我设限封闭发展，同时也主动突破文类局限的有益尝试。但如何在叙事中形成成人与儿童的对话局面，真正达到周作人早年探讨的既"说自己的话"，又是"儿童的"两相交融的境界，是需要长久探索的重要主题。

---

① 然而有些评论者并不了解班马对成人与儿童关系的反思，反而认为故事中的成人纵容了主人公，失去了对"有偏差的孩子"的教育和引导。比如柏宁湘在《要引导，但更要教育——读＜六年级大逃亡＞》中认为："社会应该让孩子认识到自己所要肩负的历史使命，克服自身的种种缺点和恶习，而不是放弃对他们教育引导。理解不是全部，只是起点。理解的目的应该是有的放矢地引导学生在潜移默化的过程中，接受正面教育，成为'四有'的建设人才。否则，对他们的同情、理解就成了原谅、姑息、放纵的遁词。"（《儿童文学选刊》，1991 年 1 期）。可见在当时的儿童文学场域，班马儿童观和叙事方式的超前性。

② 上一节已以《稻草人》为代表详细探讨了针对现代儿童文学开创时期作品的不同评价。而对"探索性作品"而言，学者朱自强以"儿童文学就是儿童文学"为基点强烈批评其探索的失败："离开这个参照系，去提高儿童文学的文学性，就只有向一般文学即成人文学去寻找参照系，其结果便是向成人文学靠拢，提高的已不是儿童文学的文学性了。这种情况下，文学性越高，作品便离儿童文学越远。""来自评论界的鼓励，刺激了这些少年小说作家的不正常的求新求奇的欲望。"（朱自强. 朱自强学术文集 6：儿童文学的思想［M］. 南昌：二十一世纪出版集团，2015：87.）

## 第四节　幻想与现实的互文——以北董幻想文学为例

幻想文学在 20 世纪 80 年代以后的中国得到迅猛发展，这种结合了神奇想象力和复杂叙事结构的文类无疑展示了人类思考能力和叙事方式的又一次进步，同时，有关幻想与现实世界的关系，也成为研究界关注的热点。英国当代著名幻想文学作家托尔金在《论童话故事》中认为：文学创作中存在着两种世界，"第一世界"是日常生活的现实世界，而"第二世界"是幻想创造出来的想象世界，具有纯粹的形式，反映第一世界但又区别于第一世界。这个想象世界不是美丽的"谎言"，而是另一种"真相"①。这个世界"把虚构的与真实的结合起来，要使故事里发生的事情具有可信性，使读者在里面找到自己的影子，发现相似的生活经历"②。托尔金的"第二世界"理论很好地解释了两个世界的交融性与互文性关系，辨析出幻想文学区别于传统童话故事的独特性③。

---

① J. R. R. Tolkien：On Fairy Stories，见 *The Tolkien Reader*，New York：Balliantine Books. New York，1966（70）.
② 舒伟. 走进托尔金的"奇境"世界——从《论童话故事》解读托尔金的童话诗 [J]. 解放军外国语学院学报，2007（6）.
③ 童话与幻想小说虽然同属幻想类叙事作品，但是两种不同的文学体裁。朱自强在《儿童文学概论》中认为二者的区别主要体现在："一是与童话的故事性质不同，幻想小说采用的是写实主义小说的表现手法；二是与一次元性的童话不同，幻想小说具有二次元性，有着复杂的组织结构。这样两点区别正是衍生出幻想小说对幻想世界、超自然现象的惊异心态。"（朱自强. 儿童文学概论 [M]. 北京：高等教育出版社，2009：231.）

20 世纪 80 年代以来的儿童幻想小说在复活本土神话、乡土的时空景象中建构幻想世界的真实性，这使得托尔金对"第二世界"的理论概括与叙事法则在中国本土创作中逐步得到印证，并显现出自身的文化特征。但这一本土体现并未得到研究领域的深入关注。作为 30 余年来持续进行幻想文学创作的作家，北董的"八角城"系列故事尤具特色，从一个侧面展示出幻想文学中"第二世界"的中国叙事策略。

## 一、"第二世界"的真实性

托尔金认为，幻想是想象真实世界中不存在的事物，其现代功能首先是"恢复"，"也就是在经历了幻想之后能更清楚地明白事情的能力，换言之，就是重新获得'清晰视野'。在现实生活中由于人们对身边的事物熟视无睹，万事万物都变得模糊不清了"①。而第二世界能够满足人类最深沉的渴望，即站在自己所处的时间和空间之外，观察到异质时间与异质空间。因此，提供"真实"的体验，与现实世界互为映衬，是第二世界的首要因素和功能。

在北董主题各异、题材丰富的多样化的幻想作品中，有一组关于"八角城"的传奇故事，创作时间从 20 世纪 90 年代起，至今仍然在绵绵不断地产生，其中，如《拇指牛》《山神与少年》《狐狸小学的插班生》《鹭琴》《爷爷是棵山楂树》《我给海妖当家教》《大魔法师的怪故事》等广受欢迎并多次获奖。这一系列均以"八角

① 舒伟. 走进托尔金的"奇境"世界——从《论童话故事》解读托尔金的童话诗 [J]. 解放军外国语学院学报，2007（6）.

城"为故事发生地，虽然彼此并无情节关联，但却有内在韵味的相通，使得这一幻想世界与各个现实景象形成了同一叙事空间下的互文效果。

北董的系列童话和幻想小说中，虽然并没有一篇作品详细集中地勾画八角城的地理位置、城市结构、城郊概况，但在不同故事的相互牵连中，小城面貌呈现出较为清晰的轮廓：S省的八角城，是方圆不足40里的临海小城，现代化程度与今天的都市无异，城内高楼林立，有小学、中学、医院、公园、玩具厂、面包厂、中心广场、城市监管大队、舞蹈家协会、宠物协会……具备了一切现代城市日常运行的结构，以及现代化进程中无法避免的环境污染和人心的浮躁复杂。城外有鲸山、东条山，城南有菱角山水库，城郊有村落星星峪、吉吉淖草滩、塔尔米杂木林、豆田、荒野等。八角城之所以与众不同，在于奇闻逸事众多。这些奇幻之事频繁地发生在小学、孩子、成人身上，发生在大街小巷以及城郊的密林或荒野中，它们神秘、惊异、魔影重重。如果小说通常以塑造"典型环境"和"典型人物"为特色，但显然"八角城"很难称为"典型"。它具有普通小城的规模、结构、日常生活和运行常态，却又时时与幻境相连，甚至本身也处于幻境之中。这里的居民不熟悉魔法，也不相信魔法，而时常在魔力事件中有着茫然无知的怡然自得。比如公狼布拉风月圆之夜具备了说人话的智慧能力，成为医生司马以宁的导盲狼。但人们将布拉风看成狗，一旦识别出狼的身份，八角城人便谈其色变，欲害之驱之（《导盲狼》）。星星峪冯小梨的奶牛黑白花儿大火中历练成了拇指牛，可以变化大小给八角城人输送有魔力的牛奶，而人们浑然不觉（《拇指牛》）。这些都使小城亦真亦幻，不明所以。是什么因素赋予了八角城情理之中的真实感和不容置疑的叙事效果？

关于"第二世界"的存在形态，日本学者风间贤二将其分成三大类：一是与现实相距遥远、隔离的异世界；二是与现实世界拥有一条不确定的国境线的异世界；三是包含在现实之中的异世界。[①]而有关"八角城"的系列故事相互印证，形成互文性叙事，使这座小城充当着"现实世界"和"异世界"交织重叠的双重功能，它提供了描摹"另一种真相"的真实感和可能性，是蕴含丰富的"第二世界"。

托尔金发现了幻想世界的旁观位置[②]和独有价值，是其中的人性和天真对我们探寻"真实"起到了重要作用，从而对现实世界起到极为重要的参照功能。这在常常纳"奇境"于现实的八角城里非常明显。《吃房子的妖精》中八角城拔地耸天的 24 层商贸大楼顶部不见了，连一块散落的砖石瓦片和灰土都找不到，只留下八个巨大的齿痕。男孩阿响发现了秘密：是妖精壳拉巴木吃掉了房子。但是妖精吞下房子再吐出来，是为了把水泥建筑的墙体、楼板恢复成山石和河沙，并且返还原址。为此，妖精夫妇修复了欧洲的山、美洲的河、非洲的大沙漠……直到老死在八角城的中心广场，变成石头雕塑。人类攫取自然以获得生存的空间，忽略万物而建立人造的物质世界，这本是千百年来人类生存以及竞争的法则，并演变为常态"日用而不知"。"清晰视野"的获取需要一种旁观视角，那便是来

---

① 彭懿. 西方现代幻想文学论［M］. 上海：少年儿童出版社，1997：330.

② J. R. R. Tolkien. The Tolkien Reader, New York：Balliantine Books. 1966（58）.

自妖精这个"异世界"对八角城的审视。人们日日生活在房子被"咔擦"的恐惧中，对自己对"真相"一无所知从未反省，只有离开了八角城与妖精生活在一起的男孩阿响承接了这种视角，他看到了，想到了，并与妖精坚守在一起。但纯真的目光是否一定会带来幸福的结局?① 作家北董有审慎的态度和思考，他这样结束故事：

在他们（妖精夫妻和阿响变成的雕塑——笔者注）的旁边，商贸大楼正在重新崛起，眨眼间已是48层了。②

旁观者的目光随着妖精夫妻和阿响的石化而结束，现实常态仍在继续，这也是"真相"。但谁又能断定，对我们自身的反思不会因为始终会有妖精和阿响那样天真的心灵而继续下去呢？这同样会是一种"真相"。

同样的视角，《山神与少年》切入了更为严酷的现实真相。这一次，只有山神的目光追随八角城和城外的鲸山，连少年吴锋也深陷在熟视无睹的迷茫中。成长的烦恼和生活的艰辛同时逼迫着少年，使这一对父子已无力注视人与自然的争夺和惩戒。生活的"真相"是什么？山神眼见鲸山被山虫们开掘蚕食，人类改造山河的能力快速增强，其忧虑令人警醒。但吴锋父子为生活所迫练就开山的精湛技艺和坚韧不屈，又怎能轻易被指责？这个极具现实主义色彩的少年成长故事，奇妙地加入了山神的视角，文中山神与少年的对话，无疑增强了寻找生活"真相"的困惑与思索。

---

① J. R. R. Tolkien: *The Tolkien Reader*, New York: Balliantine Books. 1966 (59).
② 北董. 传奇童话 [M]. 长沙：湖南少年儿童出版社，2013：52.

老山神说："我奉劝你别当山虫，当山虫没有好下场！"

"《捕蛇者说》里是怎么说的，我记不住了，反正好像是说过，死的就死了，该捕蛇的还捕蛇。"

"你铁心了吗？你不怕报应？"

"现在没有我怕的了。报应？走着瞧吧！"

老山神非常失望，他化作一缕清风，随着一片山花的摇动倏忽不见，少年才感到了事情的蹊跷。他回忆着老头刚才说过的话，倒是觉得被挑战了一下。报应？我爸爸不是活得好好的吗？

……

"你还是拉倒吧，孩子！"老山神变成了一条腿的山虫，站在了男孩的对面，点达着拐杖说。

咔！咔！咔！男孩不停地錾着，说："我已经知道你是山神。谢谢你，可是我现在只想做山虫了，我想在绝处逢生！"

老山神化作清风而去，他为自己悲哀，为人类悲哀。他久久地呆坐在雷公崖顶，如木雕一样。

少年面对开山的残酷意志坚定，在十年的艰苦磨练中成长为强壮坚毅的青年。随着巨幅对联"铺下去是康庄大道，立起来是耸天高楼"的矗立，人类改造自然的豪情如山一般冲入云霄，类似八角城的城市化进程日趋推进，而山神最终只能变成一撮粉末。这是一个伤感的结尾。如果没有山神的介入，这可能只是一个积极励志的少年成长故事；如果没有少年真实可感的奋斗历程，这可能只是一个单线发展简单圆满的童话故事。但引入一个异世界的旁观视角，让人不断切近了所谓"勤劳勇敢""人定胜天"的生活真相中。幻境没有减损故事的真实感，反而与生活的现实形成一种强烈的反差和张力，引发深刻的反思。

八角城是真实可信的存在，但融合了乡土的传奇又使其成为反观生活真相的"第二世界"，在空间和时间叙事中缓缓展开。

### 二、"第二世界"的城乡叙事

在北董的系列作品中，"八角城"不仅是承载了分析性、梦幻性和审美性功能的"第二世界"，同时也是一个具体可感的地理空间。八角城面积不大，非常便利地连接着大海、乡村和原野，这使小城作为叙事展开的空间地点，天然地与乡野发生了关联，并使城与乡互为参照，建构出幻想世界的丰富功能。

对乡村与土地的深情，这是从北董早年的小说写作就开始呈现并被文坛重视的特色①。从《五颗青黑枣儿》《蹈海》《骨钉船》到近年的《龙凤桦》，作家融北方方言、风景、民俗、性情于叙事，塑造了一批来自乡土的精明少年、技艺精湛的木匠、强悍的渔民，在田园的清新或土壤的泥腥与粗糙中，对生长于斯的人性进行了极为细致、准确、老到和传神的刻画。一直到幻想文学的写作，这种深情从未停止，只是乡土气息有可能突破现实世界的束缚、借助幻想

---

① 评论界普遍关注到北董小说中的乡土色彩，认为他的小说"像是冀东山区所特有的'青黑枣儿'，虽有一股'涩巴味儿'，但那涩却不单单是苦，而是涩中有酸，酸中有甜，甜中有苦，苦中有辣……这，正是生活本身无尽丰富的滋味。董天柚（北董）的难能可贵之处，就在于他是那么强烈那么自然地把这种生活之味诉诸读者的感官，使读者惊愕，使读者深思，使读者愤怒，也使读者振奋不已。"有关其小说的评论较为贴切，但少有学者注意到其幻想类作品与乡土的联系。见刘绍本，张华楷. 艺术地反映孩子们的生活 [N]. 河北日报，1987 - 09 - 11.

的力量而走向更为深广的人性探寻。

关于作家对乡土的投射，学者王德威认为，乡土文学滋养于作家对故土的深切关怀，但只有当作家远离他所如此亲爱的故土，并且已无任何可能去赏玩和理解它的真实存在时，他才能强烈地体味到这种关怀。在神话与精神层面上，背井离乡也指向一种叙事手段或心理机制，后者可使无从追溯或难以言传的事物获得（再）确定，它还指向这样一种叙事与心理探寻的永恒回归状态。① 王德威敏锐地注意到了有关原乡的写作，常常来自作者对出生地的眷念和离乡之后的心理归乡，也会自然地引入"城"与"乡""新"与"旧"的空间想象和时间关照，它可能导向更深层的心理意义。不同于小说对北方乡土直接的描绘，对于童话和幻想小说，北董喜欢将故事发生地放置于一个小城，但并非将"城""乡"对立进行叙述与评论，而是擅用小说笔法讲述"城"与"乡"相互渗透的故事。他对八角城的书写，夹杂在来自乡村的视野和人性关怀中，而且突破了北方地域的限制，引入更为普遍的城乡关照，以此抒发想象中对理想原乡的追念。

《拇指牛》的主人公冯小梨和奶牛黑白花儿来自距八角城 20 多里的乡村星星峪，为了给城里送放心的牛奶，冯小梨把奶牛牵到八角城大街上现挤现卖，被城管三只眼罚款。这是第一次也是最主要的城乡冲突。但故事始终通过冯小梨和姜甜莉两个孩子的眼睛来展示城乡各自的局限，并在各种离奇冒险中为消解这种局限和误解做

---

① 〔美〕王德威. 想像中国的方法——历史·小说·叙事［M］. 天津：百花文艺出版社，2016：224 - 230.

出不懈努力。比如，八角城对牛奶的信任缺乏、姜甜莉父母所代表的城市人的亚健康状态，冯小梨用来自乡村的天然治愈了城市；葫芦谷的闭塞、落后和失去信心的村民，冯小梨哥哥和来自八角城的屏屏姐牺牲自我倾力支援。姜甜莉想挽留冯小梨，希望他转到八角城三实小上学，但冯小梨对乡村的留恋不舍以及黑白花儿只有吃上灵芝崖下的草、喝上鹿奶河里的水才会产出有魔力的奶，都成为一种隐喻而指向心灵深处的回乡意愿。

《鹭琴》取用了民间故事中报恩与贪婪的主题原型，将其置于八角城这个现代发达城市中。来自千里外的流浪儿不死草在八角城扎下根，台风中救助老相思树上的白鹭鸶宝宝，老鹭鸶化身有魔力的鹭琴，助其实现各种愿望。但不死草之妻一心为利、欲望膨胀，鹭琴最终还原为白鹭凌空坠地而销毁。有关城市的反思往往会陷入"现代文明趋利失义，导致人性异化"的传统套路，以此对照乡村的自然纯净，这即是王德威所论"想象的乡愁"在心理上的体现。但《鹭琴》显然突破了这种套路。不死草早年父母双亡，不堪饿饭和叔叔婶婶的白眼而出走，其乡村经历悲凉而不幸。可见他的淳朴并不是来自"未经现代文明浸染"的千里外乡野的熏陶，而是一种自然人性的体现。在八角城历经挫折的不死草成年后依旧善良，但又默许了其妻的贪婪，他的矛盾行为并非是进入现代时空以后的人性变异，而是人性深处的复杂使然。而且，北董在系列故事中从未将八角城塑造为现代文明与人性恶的染缸，他写城市，期待的还是乡野观照中的本真自然。

《导盲狼》则用一种更特别的方式展示"城"与"乡"。公狼布拉风来自八角城外的塔尔米杂木林，在森林大火和车祸中被司马以宁医生所救，因被医生输入一些人类的血液，布拉风于月圆之夜获得了人类语言和思考的能力，从而成为能够导盲的智慧生命。这个来自荒野树林的凶猛动物，神奇般地具有了人类的仁爱、正义和感恩之心，即使不能公开作为狼的身份，一旦暴露便被恐惧的城市居民驱赶陷害，它也不想再回到荒野，杂木林已经没有自己的家，而它喜欢待在城市与善良的人类为伴，直到最后为解救盲人城而牺牲。布拉风的三段传奇虽然发生在不同的小城，但性质上与八角城无异。荒野中成长的原生态和野蛮被文明改造，使这个原始生命具有了最重要的道德感、理性和爱人类的能力。正如其他来到八角城的主人公们一样，虽有不公，但布拉风对城市充满信任，用获得的文明力量反衬出人类的傲慢和残酷。这是一个"城"与"乡"相互对视融合的传奇。

同样在《植物牛》《山神与少年》等作品中，少年对乡野的深情，对城市生活的融入，都以"城"—"乡"这一对空间上的互文指涉丰富了"第二世界"的幻想质地。

### 三、有关时间的互文表达

故事是在时间中展开的艺术，而且每个叙事文本都必然存在两种时间：故事时间和叙事时间。前者是故事发生的自然时间，需要读者凭借阅读和逻辑经验重建；后者是叙事者讲述的时间发展状态，包含着千变万化的叙事策略。而在幻想文学中，故事时间也分成了两个维度。学者朱自强在区分童话与幻想小说时认为，幻想小说中的神奇因素（如魔法、巫师、动物说话等）会使现实世界的人感到惊讶，从而分为两个独立的世界：现实世界与幻想世界，也就是幻想文学所具有的二次元性。①

既然已是两个世界，便有各自的时间维度，可能相同、平行、并列或相异。北董注重且擅长的是创作两个并行但相异的时间，并设计出二者相互沟通的合理方式，这极大地增强了幻想的逻辑可信度，既是营造神奇效果的叙事策略，又使时间具有了特别的内涵。他在总结童话的创作技巧时专门谈到了时间的想象方法："我们在听鼓书段子的时候，常常听到这样的话：'洞中方数日，世上已千年。'在童话家的笔下，漫长的时间可以化为一瞬，瞬间也可以化为长久甚或永恒；童话人物甚至可以在时间的长河里逆流而上，顺流而下，甚至可以在你的时间、我的时间里'串来串去'。"②

在《灵珠》和《狐狸小学的插班生》中，他都塑造了会吐光珠的狐人形象，它们不是狐狸，而是狐狸经过亿万年进化而成的非狐非人族群。狐人的存在颇似人类的进化过程，都是从野蛮到文明的正向变化，它们善良、神秘，拥有过人的毅力、勇敢和魔法，除了有一条尾巴和受到刺激会短暂地显露出狐狸面容以外，早已脱离了野蛮形态而不再是动物，与原生的祖先狐狸已大不相同。所以，狐人是与人类，或者说文明更为趋近也更为高级的族群，对生命的呈现形态和理解也会是另一种方式。狐人女孩风陌陌 12 个月前出生，但人间已过 12 年。老姥姥 900 岁，还在以过人的精力研制漂浮液。

---

① 朱自强. 儿童文学概论［M］. 北京：高等教育出版社，2009：231.
② 见北董创作经验谈《教你怎样写童话》。

八角城三实小的风阡阡去狐界 3 个月，人界已 3 年。

在幻想文学中，异世界的时间流逝往往被描述得更为缓慢，死亡的恐惧变得淡漠（比如，风阡阡在老姥姥实验室看到逝者照片，可以非常自如地对话），这形成了一种深刻的隐喻。"洞中一日，世间千年"的长久对应着生命的永恒，即使有死亡，死者也会以另一种令人欣慰的样态存在，这些对人类来说是从过去到未来的永久期待。渴望而不可得的时间置于幻想空间，正是人类深层心理的欲望表达。同时，这个长久的时间维度主要以童年愿景的形态表现，如儿童、学校、冒险等，也是对长久保留自然纯净的渴望。正如有学者指出："大多数童年世界体现着现代社会的田园传统，这是欲从文明束缚的厌倦中安全撤离的理想化和浪漫化。""童年图景被界定为文明社会成人世界的对照和避难所。"① 因此，狐界 300 年才允许一个人类成员进入的幸运落在一个孩子身上，两个世界的童年（风阡阡与小陌陌、狐界毛豆镇第三实验狐狸小学和八角城三实小）对接，与人界"市霸"鹞子眼和狐界"九大恶猎"（仍然是人类恶的代表）等反面形象的对抗，都成为找寻理想的宁静、和平和自由生活的象征。

另外，从现实世界到幻想世界的空间距离，在《狐狸小学的插班生》中，故事没有用魔法、魔物、通道等传统意象，而是用一种奇妙的时间叙事：360 万年。

展现在我们面前的，是一片特别辽阔的红色的荆棘地。这犹如

---

① Susan E. Honeyman. Childhood bound: In gardens、maps and pictures [J]. Winnipeg: A Journal for the Interdisciplinary Study of Literature, Jun 2001（117 – 132）。

一片用利刺织成的地毯，可怕得令我吃惊。看不见一栋建筑，也看不见大路和小路。这就是有 360 万年"路程"的"中间地带"了。……

她（狐人女孩小陌陌——笔者注）说中间地带是专门留给人类走的。与其说这是路，不如说是阻碍人类进入狐界的屏障。中间地带是隔开人界和狐界的强大壁垒。……

她说："这是一条必经之路，凡人类过境就不能免除。阡阡姐姐你要有思想准备，我们将经历一些危险，人界和狐界的距离就是巨大的'时间差'。"

360 万年的时间，无论计量单位是人界的"年"还是狐界的"年"，都暗示了人界去往理想境地的艰难和遥远。同时，用时间表示距离，更具有一种心理体验功能。"要走过 120 万年的荆棘路，要遭遇 120 万年的冰刀雨，要忍受 120 万年的干渴"，而只有拥有孩子般的纯净、毅力和向极限挑战的勇气时，360 万年的强大壁垒终将超越。

在现实世界与幻想世界重叠的作品中，北董提出的瞬间、永恒、穿越等有关时间的想象同样存在。比如，《吃房子的妖精》中妖精壳拉巴木吃掉八角城的房子，从年轻到老，而"很久以前八角城失踪"的男孩阿响"仍然是男孩，好像没有长大"，最后和老了的妖精一起变为雕塑。不会长大的孩子犹如对彼得·潘的想象，是作家在复杂的现实中对永恒童年和童心的期待。《山神与少年》中山神"千百年来"在雷公崖顶形成了一生气就跺脚的习惯；《外公是棵山楂树》中"一棵八九百岁的老银杏树"想变成外公，因太老而未成，将魔力传递了给年轻的山楂树……千年的"长久"与现实的"一瞬"在某一刻对接相遇，成就了山神与少年、老银杏树与年轻的山楂树、男孩格子的传奇。这里有关时间的维度既平行又交叉，形成多角度的时间叙事。

托尔金力图通过一个真实与想象并存的世界，来体察现代文明中人类精神深处的失落与慰藉，并由此创造出大量新的叙事形式。这影响了此后的幻想文学新的时空想象方式。对于中国幻想文学而言，"八角城"系列只是一个侧影，但其空间与时间的互文叙事，贴切地建构出了"第二世界"的丰富与真实。

第三章

# 文学叙事的阅读与接受

如果儿童文学不是因主题，而是因叙事方式的独特与成人文学区别开来，那么对一些抽象、严肃而重大的文学主题，儿童文学如何表达，儿童又是如何阅读和理解的呢？儿童与童年的被"发现"，不仅是西方文艺复兴以来对"人"的哲学反思的产物，也是随着现代医学、心理学、教育学等学科的兴起发展，将"儿童"从成人世界中分离出来进行精细科学的观察研究的结果。儿童作为读者或接受者的心理机制和主体性受到重视，也使具有普遍意义的题材在儿童这个"他者"的阐释中生发出新的意义。比如儿童通过阅读介入故事以发现自我、逐步实现社会化和性别角色的内在化，并且因其对世界的独特认知，而更善于将故事进一步艺术化和游戏化。

## 第一节 "残酷"叙事与儿童阅读

儿童文学并不总是传达美和纯真，众多经典作品往往会出现死亡、战争、伤害、恐怖等成人看来较"残酷"的内容，比如，《白雪公主》的继母王后要猎人杀掉白雪公主并取她的心来见自己，《灰姑娘》中灰姑娘的继母姐妹削足以试水晶鞋，《爱丽丝漫游奇境》中的纸牌王后动不动就喊着要杀头，《海的女儿》中解救海的女儿的唯一方法是让王子的血滴到她脚上……这些"残酷"情节固然具有原型意义①，但儿童阅读心理与叙事功能的对应也使文本得到了丰富阐释。

### 一、儿童阅读的心理机制：具象化与互文本性

儿童如何看待"残酷"叙事？心理学表明，儿童用感觉映像感知事物，"是否用映像回想信息来解决问题，取决于那些信息是否已成为儿童概念性知识的一部分。当信息尚未综合于儿童概念性知识中，他们就倾向于用映像来回想。随着年龄的增长，知识越来越概念化，儿童就较少依赖映像了"②。也就是说，在其思维能力还未达到迅速理解概念化知识的幼年阶段，儿童会依靠想象、回忆相关生活经验来认知事物，即将现象在头脑中做具体情景的想象。同时，儿童的认知结构呈阶段性发展，如果外在事物可以与头脑中已有经验相吻合，他们便能很快进行想象并加以理解。阅读同样如此。儿童靠简单认字、图画和听故事的方式熟悉文本，对听到或读到的语言需要通过在头脑中形成具体形象，来想象文字描述的景物、气味

---

① 美国学者谢尔登·卡什丹在《女巫一定得死——童话如何塑造性格》（机械工业出版社 2014 年版）一书中详细分析了从古代民间童话至现代经典童话中有关虚荣、贪吃、嫉妒等人性弱点的原型体现，并认为其对现代社会人类心理具有治疗作用。

② 刘金花. 儿童发展心理学［M］. 上海：华东师范大学出版社，1997：125.

和声音，接受理论称之为"具象化"（concretization）的阅读技巧。同时，儿童成长中逐渐获得阅读经验和技巧，比如对"很久很久以前"故事模式的熟悉，王子、公主等原型形象的认同，对惩恶扬善等道德判断的接受……这些都将构成儿童阅读经验的一部分，在面对新的文本时，他们会将看到或听到的语言与经验范围内的图像一一对应，形成交织对话的网络，回想熟悉的文本模式和以往生活体验，从而理解新文本。这便是"互文本性"（intertextuality）。如此看来，故事中的死亡、杀戮、打斗等情节相对表现"爱""幸福"等正面情节来说，在面对儿童读者时会淡化细节描写，这些简洁的文字成为抽象概念，因超出他们彼时的认知能力而还原为语言本身。另一方面，儿童生活经验里较少有"残酷"经历，无法将这些抽象概念与已有经验对应并化为具体形象进行想象。因此，文本中关于死亡、伤害等成人看来较"残酷"的叙事文字，和爱、信任、友谊等"美好"文字一样，其抽象性的概念意义已超出他们的认知世界和经验范围，如果没有细节性描绘、图像显示或成人解说，儿童都很难在头脑中想像出具体画面，并用"互文本性"的方式理解新文本。

心理学实验证明，儿童到童年晚期以后才开始超越直接情景的局限而推断他人的情感体验。① 在文字阅读上，也只有具有初步抽象思维能力的儿童才能从"死""伤"等文字上立刻感知文中角色的身体体验，引起忧伤、害怕、惊恐等情绪反应。而文本对"残酷"文字的淡化处理，使儿童通过已有生活和阅读经验链接前后故事，

---

① 张文新. 儿童社会性发展［M］. 北京：北京师范大学出版社，1999：258.

其"残酷"内容往往成为合理的情节发展方式。

日本著名图画书出版人和理论研究家松居直在调查中发现，英国民间故事《三只小猪》流传过程中有三种不同的故事结尾：小猪和狼言归于好；狼被烫伤，逃走了；狼死了。其中最受欢迎的是捷可步兹改编的版本，结尾是：当狼从烟囱里掉下来时，第三只小猪"啪"的一下掀开锅盖，狼非但不是被简单地"烫死"，而且被小猪"咕噜咕噜"地煮着吃了。这个结尾在念给孩子们听的时候，他们都笑了起来，没有一点悲伤、不愉快的表情。松居直认为，前两种结尾过于偏重教育目的，"小看了孩子"；而第三种结尾幽默有趣，有"令人发笑的健康性"。① 而这个结尾恰恰因为有意屏蔽掉狼被水煮的痛苦体验而使用简单描述，反而体现出最符合故事发展逻辑的幽默感。

《绿野仙踪》里铁皮人受到坏巫婆的魔力诅咒："有一天，当我用力地砍树时，那斧头立刻滑出去，砍掉了我的左腿。""我的斧头再滑出去，恰好滑过我的身体，把我劈成两半。"《彼得·潘》中常有永无岛的孩子与海盗搏斗、印第安人与海盗的战斗以及海盗要用毒药毒死彼得的情景："船上很少喧闹，只听到兵器铿锵，偶尔一声惨叫或落水声。""他（海盗胡克）用钩子挑起一个孩子，当作盾牌，这时，有一个孩子刚刚用剑刺穿了马林斯，跳过来加入战斗。"故事强调生活或探险途中遭遇的挫折和艰难，当去掉了细节的动词"砍""劈""毒死""刺穿"等无法对应儿童的生活经验和情感体

---

① 〔日〕松居直. 我的图画书论 [M]. 季颖，译. 长沙：湖南少年儿童出版社，1997：76.

验时，儿童对于坏人最终受到的严厉处罚反而有极大快感。

## 二、儿童阅读的策略：游戏

儿童之所以能够而且愿意接受故事中的"残酷"叙事，在于阅读对于儿童所具有的特殊功能：游戏。虽然阅读是以纸上文字和头脑想象的方式进行，但和其他生活游戏一样，它带来的是想象力的无限扩展和愿望得到满足后的快乐。

（一）儿童阅读经验的发展——区分生活世界与文字世界

文字这种黑色线条符号在婴儿眼里，和各种图形没有区别，他们面对文字除了视觉注意外，不会产生其他反应。但随着语言能力和认知能力的发展，在有了大量听读故事的经验后，通过成人对黑色小符号的指认、发音、解释以及符号和图画的对应关系，儿童已逐渐能够区分"自己的世界"与"别人的世界"，并认识到阅读会带来与以往任何经验都不同的新的体验。

阅读使儿童开始学习到一些理解文字的规则和技巧，比如：印刷文字使故事变得永恒，可以反复听读，随意携带，在一开一合、不断翻页的过程中，书中字词永远不变；不动的文字组合在一起会形成有趣的意义；它们不是玩具，只是平面地印在纸上，却能控制读者的思路；书中的事件发生在真实的世界以外，是一个自我控制的虚幻世界；虚幻的人物生活在与儿童所在的世界分开并独立存在的时空范围内，通过反复阅读就可以重温自己喜爱的虚幻世界；另外书中的语言也与日常生活中的语言有很大不同。① 儿童开始从这些印在纸上的新的体验——别人的世界中感受到了乐趣。

　　同时，故事的特殊叙事方式更加强化了儿童区分生活世界和文字世界的能力。比如，每个故事开头都类似于"从前""很久很久以前""在蓝色的大海边"等；有一个或欢喜或悲伤的结尾；书本封面与封底的开合犹如一个有趣的匣子，关着一个奇妙的故事空间。故事除了人物对话外，还有大量的叙述语言，不像生活中必须通过说话才能了解意义。而指认这些叙述文字就可以理解故事的进展，并连接各个人物之间的关系。故事可以发生在任意的空间，完全不受现实时空的限制，虽然眼睛看不见，却可以在头脑中想象。当儿童惊奇地发现了文字世界的特殊乐趣后，他们已经能够区分文字世界和生活世界的不同，并积累起一定的阅读经验，此时面对书本中出现的任何奇妙怪异的情节，儿童逐渐有能力将其作为文字世界特有的现象而徜徉其中，即使是"残酷"情节，也不会与真实生活混同。

　　（二）游戏策略

　　阅读会带来快乐，这一方面是因为文字让儿童感到新奇，更重要的是阅读需要立刻进入另外一个世界，通过想象才能理解文字的意义，让故事进行下去。这与生活中的游戏有异曲同工之妙。儿童虽然学会了区分文字世界和生活世界，但他们会将阅读中的内容不自觉地带到生活游戏中，喜欢在游戏中重新阐释故事的意义。这同

---

① 〔美〕J·迈克雷纳，等. 早期文字教育［M］. 贾立双，译. 沈阳：辽海出版社，2000：55－56.

样证明了阅读与游戏对儿童生活的类似作用。

　　游戏是一种非赢利和非现实的活动，它有自己的逻辑规则，"儿童可以自由地以一种新颖的、创造性的、尝试性的'近似'方式支配材料、经历、角色和想法。因此，儿童在玩这种毫无危险的游戏时，没有必要担心'准确'或'混乱'。这种自由可能会引导孩子去发现或发明新的可能性——新的做事和思考方法——进而他们可以提出并找到解决方法。以尝试性的'近似'态度开始读写，可使儿童意识到书面语言是一种他们可以支配的东西"。① 这种支配感使儿童找到了纸上游戏与生活游戏相一致的地方：自由的想象、行使权威的快感、惩治坏人的崇高、颠三倒四的随意发挥、没有约束的鲁莽行为、惊险刺激的自由冒险……现实生活中不可能实现的目标此时都有了实现的可能，这是阅读的快乐，更是游戏的快乐。

　　事实上，很多童话故事就是生活游戏的纸上再现。《彼得·潘》中，永无乡是所有孩子的梦中乐园，他们一起飞向永无乡，就是为了摆脱大人的约束而寻求无拘无束的游戏生活。书中的飞行、捉迷藏、假扮医生治病、假装吃饭、扮作婴儿和小母亲、没有节制地疯赶打闹、与海盗搏斗等，无一不让读者有太多亲切感。《爱丽丝漫游奇境》中的变大变小、眼泪湖、动物王国奇特的长跑比赛、假装发奖牌、纸牌王国的打球游戏等；《长袜子皮皮》《小飞人卡尔松》中给孩子带来无限开心的皮皮和卡尔松等，都是他们"混乱"游戏的体现。而游戏中，给坏人以最严厉的惩罚，让某人砍掉头颅，断掉

---

　　① 〔美〕J·迈克雷纳等著. 早期文字教育［M］. 贾立双，译. 沈阳：辽海出版社，2000：16.

腿以后像《绿野仙踪》里的铁皮人一样包上铁皮，自己死而复生……这些都是正常的儿童游戏规则。正因为如此，儿童热爱阅读，同时还要在游戏中重温优秀故事的魅力。

### 三、游戏中的"残酷"叙事——内在力量的释放

儿童通常在游戏中比较喜欢扮演的角色是医生、父母、正义战士、巨人、英雄人物等。这些角色有无上的权威，可以任意杀死敌人或取得成功，在制服对方的过程中，魔力、死而复生、受伤的假设无处不在。为什么儿童游戏和童话中都会出现这样一些情节？著名心理分析学家布鲁诺·贝特尔海姆认为，这些成人看来较"残酷"的情节对儿童来说却有着极为重要的作用——缓解和释放内心压力。贝特尔海姆在其经典著作《永恒的魅力：童话世界与童心世界》中指出，童话是以象征的形式向儿童暗示获得成熟的自我需要经过哪些艰难的斗争，它最大的价值在于把由儿童无法理解的内心活动所引起的各种压力以外化的形式投射出来，再利用故事给出解决方法。比如，儿童心中的痴心幻想可以用善良仙女投射；破坏性愿望可用邪恶巫婆投射；恐惧心理用贪婪恶狼投射；良知要求用智者表现；嫉妒冲动的后果可用将"坏人"的眼睛啄瞎来表现等。这种投射的理想结果便是："整理各种矛盾的内心倾向；不再被似乎不可驾驭的混乱所席卷和淹没。"① 简言之，童话的种种幻想映射着儿童的内心冲突，而看似"残酷"的情节正是为缓解他们难以摆脱的内心欲望、

---

① 〔美〕布鲁诺·贝特尔海姆著. 永恒的魅力：童话世界与童心世界［M］. 舒伟，译. 重庆：西南师范大学出版社，1992：59.

冲动以及复杂而又矛盾的压力,从而帮助儿童从自己无法理解的混乱痛苦中找到解决的方法。

儿童文学理论家班马也认为,"儿童对'真、善、美'的兴趣和对'假、恶、丑'的兴趣,统统都只不过指向一个追求——'力'。儿童的压抑情绪和儿童初级审美的实用态度,都促使他们去追求生命力,力量、能力、智力、自信力"①。儿童在经历"生理性断乳"期后,便开始发现了自己的弱势地位,他们被排除在成人世界之外,没有任何权威和力量。因此童年并非无忧无虑,而实际上是充满焦虑、压抑和自卑感的。他们"通过游戏来满足渴望成年和渴望能力的愿望",紧接着"儿童开始将这种扮演角色的愿望转而投射到文学艺术作品,他已不再满足于那些幼稚简单的身体模仿,而欲在想象领域内扩展这种日益增长的精神需要"。②

这便不难理解为什么童话中更多展示了现实中难以出现的"残酷"情节。《快乐王子》如此凄美动人的叙事中也会有小燕子帮助快乐王子啄出双眼送给穷人;《哈利·波特》中有千奇百怪的魔法怪兽以及惊恐无比的悬念;《蓝熊船长的十三条半命》中有恐怖的睡魔、独眼巨人、幽灵和森林大蜘蛛,还有肮脏的黑暗山坑道;《彼得·潘》中有残忍的海盗搏斗……儿童在阅读中重新经历常在梦境里出现的恐怖情景,以及内心偶尔闪念但为成人道德不允许的某些冲动与狂野精神,从而让内心压力得到一定的释放和缓解。同时,故事比现实的游戏更能够给出解决问题的办法。比如经过艰难的斗

---

① 班马. 游戏精神与文化基因 [M]. 兰州:甘肃少年儿童出版社,1994:88-90.
② 班马. 游戏精神与文化基因 [M]. 兰州:甘肃少年儿童出版社,1994:88-90.

争，坏人会战败，主人公得到幸福的生活；彼得他们齐心杀死凶残的海盗，孩子们最后回到温馨的家，因为无拘无束的玩闹冒险生活中少了一些最重要的东西——成长和母爱；哈利·波特的勇敢、坚韧和责任心帮他最终战胜伏地魔。因此，优秀童话中的"残酷"情节往往也是儿童内心无意识的真实写照，随着故事的结束，所有棘手问题都顺利解决。"残酷叙事"既是宣泄原始"力"的游戏，又是抚慰心灵的良药。

## 第二节　艺术、游戏与接受策略

儿童作为读者或接受者，在纸质阅读与艺术欣赏中有极为类似的心理体验。尤其对戏剧等舞台艺术的欣赏，因其形象的直观和互动的可能，使儿童接受中的游戏心理体现得更为明显。

关于儿童对戏剧的接收过程，西方国家已进行过大半个世纪的研究，普遍认为儿童欣赏艺术作品时，其创造力、想象力、艺术感受力、情感培养与治疗等各个心理发展维度都将得到有效调动。很多国家甚至将儿童戏剧作为一种重要的艺术形式渗入到儿童教育中①，在理论和剧场实践上都取得了值得借鉴的成果。以《你是谁》（罗马尼亚）、《白色摇篮曲》（立陶宛）、《足尖上的辛德瑞拉》（罗马尼亚）、《Scrap——破铜烂铁》（日本）等外国戏剧作品为例②，其在结构安排和情感表达上为如何体现"儿童本位"提供了极好的经验。

---

① 作为西方国家重要的早教形式之一，戏剧教育至今已有近百年的发展历史，发展出创造性戏剧（Creative Drama）、戏剧教学（Drama in Education）、剧场教育（Theatre in Education）、治疗性戏剧（Remedial Drama）等多种流派，主要提倡在参与性情景教育中引导儿童感受和反思，发展语言、认知等能力。

② 5部戏剧为2016年7月8日至8月25日在北京举办的第六届中国儿童戏剧节参展优秀作品。

## 一、儿童戏剧的游戏性

### （一）儿童、游戏与戏剧

关于艺术的起源，在西方美学理论中有"游戏"一说①。康德十分强调艺术和审美的自由性质和非功利性质。席勒认为："只有当人在充分意义上是人的时候，他才游戏；只有当人游戏的时候，他才是完整的人。""人应该同美一起只是游戏，人应该只同美一起游戏。"②"游戏说"注重艺术、审美同游戏的关系，看到了其非功利性的一面，并提升到"自由"的哲学高度。虽然游戏并不必然都产生艺术，但游戏的自由精神和内在自足性为艺术的产生提供了极为有利的因素。戏剧之戏与游戏之戏，在英文中均使用"play"来表达，中国古代的"戏""剧"或"戏剧"，也包含有"游戏"义项。

针对学龄前期幼儿（1—7 岁）的戏剧，其游戏性和由此产生的艺术感是相当重要的因素。而儿童与游戏有着天然的关联，自然与戏剧会有特别的亲和感。1—7 岁阶段，游戏是幼儿生活的主要内容，但游戏思维和行为方式仍然需要再次细分。他们会经历主要依赖实物的游戏（低幼期）、以泛灵和想象为主的游戏（幼儿期）、摆脱物质依赖而符号化抽象化的审美游戏几个阶段（学龄前后），其中

---

① 关于艺术的起源，西方文艺理论和思想史上曾有多派观点，其中影响较大的有摹仿说、心灵表现说、游戏说和巫术说等。游戏说的代表人物有康德、席勒、斯宾塞等。18 世纪末，德国古典美学家席勒指出，人身上有两种相反的力量：感性冲动和形式冲动，两者结合称为"游戏冲动"，此时人的感性要求和理性要求结合在一起，物质过程和精神过程达到了统一。英国的斯宾塞发挥了席勒的观点，指出人在满足了维持生命和延续种族这两方面的要求之外，还有剩余的精力，用在游戏上，进而转变为艺术。

② 〔德〕席勒. 美育书简 [M]. 徐恒醇，译. 北京：中国文联出版公司，1984：90.

第二个阶段会持续较长时间，其泛灵思维、即时性、非精确性、非功利性、非表演性、有意味而无意义是幼儿游戏的显著特点。此时的幼儿在游戏中热衷同伴参与，不需要观众，不在意表达什么，而是自我表现，自我沉醉；不求连贯的故事和均衡的节奏，而完全自在自为，在想象与现实世界来回穿梭。因此，西方戏剧常常在席地而坐的小剧场中进行，正是为了尽可能缩小舞台的隔离感和表演性，便于演员与幼儿观众随时参与一场游戏，人物与情节简练、节奏缓慢。

在5部戏剧中，《你是谁》与《白色摇篮曲》作为低幼戏剧的代表，以自我表现的游戏性和想象性情节诠释了儿童与戏剧的天性关联。

《你是谁》是一个关于自我认知的小故事，更可以说是一场幼儿游戏的天然展现。三个孩子，玩着游戏、编着故事，仅此而已，但因切合了幼儿的游戏心理和行为方式，使得戏剧极为亲切、自然而有趣。戏剧中的幼儿游戏简单、重复，带有普遍性。与"我是谁"一样，"你是谁"同样是每个天生的哲学家——儿童都会追问的问题，也只有孩子会把哲学问题演变为不带表演性的游戏，而且参与者越多越好，答案简单，无限反复，其乐无穷。戏剧以这个最简单的游戏开头，三个成人演员扮演的孩子在白色的垫下探头探脚，那里可以是床、是大地、是白云，是一切可以想象的舒服而自由的地方。然后互相追问"你是谁"，从陌生到互相认识，从对名字的新奇到反复练习的快乐，这种叫名字与被叫、确认自我和他人存在的幸福感，成人已再难体会。演员投入地叫着名字游戏，并自然过渡到与观众的互动，重复时间之久，相互都毫不倦怠。

同时，《你是谁》恰到好处地把握住幼儿游戏的即时性和非精确性。三个孩子相互熟悉之后，便开始了游戏的另一类型：编故事。一只小猫迷路了，找不到回家的路，当动物朋友问它"你是谁"时，它也说不清，便有了后面到小兔子家、小松鼠家、小刺猬家找妈妈的过程。戏剧定位为人偶剧，剧中演员并不隐身，而是手拿枕头和布绒造型当作各种动物（如猫咪由两个枕头装扮头与身），人声配音。剧中人偶的形象与表演形式并不完美和逼真，但这并未妨碍幼儿观众的理解和兴趣，他们没有质疑"那是假的！"或"那个演的不像！"，反而为不断猜到某个布偶表现的是什么而高兴，因为现实中幼儿的假想性游戏同样不会精确。戏剧中故事的推进十分缓慢，情节时断时续，正在扮演猫咪或刺猬的演员会跳出故事，恢复作为孩子的身份聊天玩耍，兴起之际再回到故事。等乌鸦带着猫咪找到家，演员有意把几个动物玩偶的头身错位。整个编故事过程像是孩子游戏时的随心所欲，即兴发挥。故事编累了，便游离出来自己玩耍，制造出种种让自己发笑的乐趣。我们不得不承认的是，这些让成人觉得单调、似乎缺乏连贯性的戏剧安排，恰好是幼儿期游戏心理的真实体现。

在《白色摇篮曲》中，戏剧中的游戏带来的艺术感更加突出。作为无台词的舞台剧，演员的肢体表演和音乐运用更具有难度。将没有妈妈陪伴的小兔子丢给邻居奶牛阿姨和鸭子叔叔帮忙照顾，但小兔子不肯好好吃饭，晚上兴奋不想睡觉、偷跑出去玩耍，奶牛阿姨和鸭子叔叔绞尽脑汁照管小兔。这些游戏化的细节贴近生活自不必说，有关沙子的游戏、月光下的沙堆等意象的引入，是最大的亮点。沙子和水，大概是最能表现儿童与大自然亲近的物质游戏之一。小兔子睡梦中见到了妈妈，用沙子铺成小路，通向梦境中与妈妈团聚的小岛，与妈妈尽情跳舞，最后做成爱的小屋。游戏亦真亦幻，过程舒缓唯美。舞台上的演员尽情玩耍，观众看那沙子一粒粒铺散、延伸，耐心而投入。在戏剧结尾，并没有出现习惯性高潮，如"妈妈终于回来了""小兔子终于明白了一个道理"等，人物性格和行为方式并没有"成长性"变化：当照顾它的奶牛阿姨和鸭子叔叔正着急地寻找半夜"失踪"的小兔子时，它只是在月光下独自玩了一场与妈妈相拥互舞的游戏而已。戏剧以生活的游戏开始，以梦幻的游戏结束，这种专注于展示幼儿生活游戏片段的舒缓的艺术美感，或许更趋近幼儿阶段普遍的心理模式。

（二）故事性与文化传递

对于适合学龄儿童观看的《Scrap——破铜烂铁》，戏剧的故事性更加明显。

《Scrap——破铜烂铁》的精彩之处在于故事的悬疑性以及怪兽形象所显示的日本文化内涵。女孩千寻无意中发现的宇宙邀请函是贯穿始终的线索，它的来历与去向始终是个谜，这个首尾呼应的细节恰好留下了人类反思自身的想象空间。千寻偶遇宇宙船 Cosmo 号的队员，跟随一起去外太空冒险，但失控的 Cosmo 降落到一个奇怪的布满垃圾的无名星球上，宇航员尤加利神秘失踪。被迫分散的队员们努力克服恐慌，利用垃圾奏响音乐来呼唤寻找尤加利，在孤独的宇宙中积极乐观地行动起来。就在这时，巨大的垃圾怪兽出现了，扭曲的吼声中透露着难言的痛苦：那是被人类遗弃的垃圾不知所归的愤怒和呻吟。在号称拥有"八百万神"的日本，妖怪形象是一类独特的文化现象，风行于漫画、动画片、游戏、童话等领域，即使是中国孩子对此也并不陌生。早在最有名的妖怪画《百鬼夜行绘卷》中，就描画过琵琶、伞、木鱼、锅等各种旧物品因为要被人们丢弃，一怒之下变成了各种各样的妖怪半夜出来游行的场景，此画被誉为"日本妖怪画的鼻祖"。凡物有灵、可成神成妖，于是在垃圾星球上塑造一个可怜与可怖、痛苦与残酷并存的垃圾怪兽便不足为奇，其形象的恶与怪诞，是日本妖怪文化的普遍体现。但面对怪兽对人类的侵袭，戏剧并没有想象出有一个曾根植日本文化多年、中国儿童极为熟悉的"奥特曼"英雄，而是让陷入险境的千寻和宇航员们齐心协力最后获得成功。怀着感恩和敬畏之心珍惜地球，这一主题再次通过怪兽形象映射出人类自我救赎的出路。戏剧在结尾制造了紧张的高潮，也留下了回味的余地。

## 二、艺术欣赏的策略

### （一）儿童接受的年龄区分

儿童戏剧虽将观剧年龄多半定位在 3 岁以上，但面对不同年龄儿童所体现的艺术特色十分明显。按儿童接受对象的年龄分级，不仅可以引导观众，更是在创作伊始就明确目标受众，从而展现了更好的舞台艺术和观剧效果。

儿童剧年龄分级在国内还未真正形成普遍的行业共识，已有细分标准并不统一（从 2015 年开始中国儿童艺术剧院对戏剧节的剧目进行年龄划分，可谓开行业之先）。"适合0—99岁观看"只能是观剧的理想预期，却不能成为戏剧创作的合理定位标准。发展心理学早已表明，0—18岁人的身体和心理发展，经历了从婴儿、幼儿、儿童、少年截然不同的阶段，其对艺术的接受方式也呈现出各自的规律。遵循年龄心理特征的戏剧，将最大限度避免来自创作者与观众选择的双重盲目。

对学龄期儿童而言，已经能够区分游戏、幻想与真实，初步具有推理、逻辑、分辨等能力，注意力集中时间延长，开始享受曲折情节和复杂叙事带来的心理快感，有距离的审美和欣赏成为可能。因此，舞台需要展示的是故事"讲什么"和"怎么讲"所带来的魅力。《Scape——破铜烂铁》的科幻环保题材对学龄儿童充满吸引力（幼儿时期同样会有对宇宙的追问，但是天人合一、自身与宇宙同构对应的泛灵思维，而无法将一个关于宇宙和未来的故事与现实和自身区分开来），不断增长的生命责任感、生存经验和理性思维能力都让这一阶段的儿童充满对宇宙和地球的关怀，一个曲折完整而激动人心的冒险故事将使儿童观众受益匪浅。

（二）节奏与"留白"

一部优秀戏剧包含着丰富的想象与体验空间，其节奏、情感、意义层面留有多处空隙，允许并包容进多样化、个性化的阐释可能，正所谓"一千个观众，就有一千个哈姆雷特"。这与中国传统绘画有异曲同工之妙。国画中的"留白"，是计白当黑，比如对"天空""流水"的表现等，"空"中有物，这个"有"，便是由观众的想象和回味来填充的，这是言外之言，物外之趣，意味无穷。对戏剧而言，便是情感与价值观的传递自然而有度，不必太"满"。如此，儿童才愿意并有可能在这些"空隙"中，接受并寻找到无限丰富的意义阐释途径。而太"满"太急切，唯恐观众无法"全部"领会戏剧的细节与主旨，便只能流于过于直白的灌输，最终造成儿童观众潜意识的疲惫与抗拒。

比如爱，是一个很容易表达得太"满"的母题。"我爱你，妈妈！""我爱你，宝贝！"如何用一种让观众身心舒缓自由、不被满满的道德和情感填塞的舞台方式来表达，是不容易达到的境界。而《白色摇篮曲》中，奶牛阿姨和鸭子叔叔对小兔子真心的爱意、小兔子母子间浓浓的思念，可以在不用一句台词的肢体语言中传递。其间"沙子""沙子铺成的路""月光下的沙堆"这几个意象，或许是盛在碗里就是汤或可口的食物，沙子铺成小路就是通往回家和爱心的桥梁，沙子围成小岛就是一个自由的梦幻之地。这个亲切细腻的"爱"的传递媒介，以自然的呈现方式在观众内心被不同程度的接纳和体验。

舞台艺术的叙事方式虽与纸质文本有差异，但面对儿童这个接受群体，却同样以游戏和想象作为重要阐释机制，从而寻求与接收者沟通的丰富途径。

# 第四章

# 儿童阅读域外撷英——以英格兰为例[①]

儿童文学及非虚构读物关注叙事技巧，最终目的是促进儿童有效并愉快地阅读，逐渐建构对自我和世界的认知。西方国家建立起现代童年观念的时间远远早于中国，在儿童文学创作、读物开发及阅读研究领域积累了丰富经验，尤其对儿童年龄、心理、性别、认知发展等研究，已建立起较为科学的阅读教育理念。本章以英格兰为例，探索其儿童阅读教育体系对中国儿童文学及儿童阅读提供的启示。

## 第一节　儿童阅读教育的体系建构

起源于英美等国家的儿童分级阅读（Reading Level），是通过科

① 本章研究来源为笔者 2014 年 9 月至 2015 年 9 月于英国伦敦访问学习期间，对坎姆顿区小学和所使用的分级读物进行了为期一年的观察和访谈，其间访谈对象包括该小学校长、教师、阅读推广机构、出版社、图书馆管理员等。调查内容得到南京亲近母语研究院资助。

学的测量方法对阅读书目进行难度分级，对不同年龄的儿童进行阅读水平测评，以提供给不同阅读能力的儿童相适应的图书，从而持续提高阅读能力、保持阅读兴趣的有效方法。儿童分级阅读理念自2008 年引入后受到我国教育界、出版界的重视和关注。同年，南方分级阅读研究中心成立，随后各出版社纷纷提出自己的儿童分级阅读标准体系。2011 年，国务院在《中国儿童发展纲要（2011—2020)》提出："推广面向儿童图书的分级制，为不同年龄儿童提供适合其年龄特点的图书。"有政策支持、研究机构和图书市场的积极参与，我国儿童分级阅读处于积极发展的态势。

　　但引进西方以字母文字为特点的阅读分级理念和方法，是否能促使国内童书市场走向科学和规范，并真正确实有效地提高儿童阅读能力，还需要深入考察国外小学母语教学和儿童分级阅读的具体操作策略。英国是世界上较早提出儿童分级阅读的国家，小学母语教学主要通过分级阅读的方式来促进，在课堂内外、学校内外形成了较为成熟的阅读教育体系，对提高儿童阅读能力、建立并保持长久的阅读兴趣取得了较好效果。本文以英格兰为例考察儿童阅读教育的状况，区分不同语言体系下分级阅读的方法，以对我国汉语儿童的阅读提供有效的启示。

　　英格兰儿童分级阅读教育自成体系，以教育部的"国家课程标准"为中心，出版社与教育公司等相关机构开发分级读物，形成数量庞大而多样的童书市场，各小学自行选择丰富的分级图书进行教学，公共图书馆协助小学由课内教学延伸到课外的持续阅读，并举办多样的阅读活动以推进儿童阅读。

### 一、分级阅读教学的依据和中心——国家课程标准①

小学分级阅读教学的理念与教育部颁布的国家课程标准的要求紧密相关。由于教育部不设学校统一教材，因此国家课程标准会针对每一个年级制定详尽的教学要求和达标内容，这成为相关部门设计配套对应的阅读书目最重要的参考依据。

英国自 1988 年实施统一的国家课程至今，已分别于 1994 年和 2001 年对国家课程标准进行了两次大的调整与修订，但随着社会发展与变革的速度加快，以往课程标准依然满足不了社会各界对教育的期望。同时，英国从 2000 年到 2012 年连续参加了 4 次 PISA 测评（Programme for International Student Assessment），但自 2003 年之后，每一次学生的成绩都未进入全球前 10 名，甚至呈下降趋势。这都加快了英国教育部改革小学和中学课程标准的步伐。在众多专业团体、专家团队和民众的支持下，最终促成了 2014 年国家课程标准的出台。

英格兰小学教育分为秋、春、夏三学期，每学期持续 10 周左右，其中有 1 周为半学期短暂假期（half term break）。整个学校教育共分 4 个学段：Key Stage 1（简称 KS1，5—7 岁）、Key Stage 2（简称 KS2，7—11 岁）、Key Stage 3（简称 KS3，11—14 岁）、Key Stage 4（简称 KS4，14—16 岁），分别对应我国的小学与中学（初中、高中）。最新的 2014 年版国家课程标准相较以往更为灵活。在英格兰

---

① 英国学校教育并无"课程大纲"的概念，只有"国家课程"（National Curriculum）的说法。为适应国内术语，暂译为"国家课程标准"。

教育体系中，不设国家统一教材，每个学校都要制订自己的学校课程标准，而国家课程标准只是其中一部分，分为"法定内容"（必须教授的内容和达到的标准）和可选择使用的"非法定内容"，学校完全可以根据自己的特色和需求制订相应的教育教学计划。同时，国家课程标准为学校和教师在课程内容的选择上预留了足够的自主创新的时间与空间，国家课程只为学校和教师提供核心知识的要点，学校和教师可以根据这些要点开发、选择丰富多彩的能够促进学生知识掌握、认知发展和技能形成的课程与读物。

长达 200 多页的各学段各学科的国家课程标准，除了坚持统一指导性和灵活使用性原则之外，最重要的特点还体现在以下几方面（以课程标准中对英语学科中"阅读"的要求为例）。

（一）各学段之间知识与能力要求的连贯性和循序渐进

课程标准要求认为 KS1 这个基础学段（5—7 岁，一年级和二年级）的课程计划需要针对每一学年来制定。KS2 以上的学段，针对每两年的学习制定计划（如三、四年级合用课程计划）。学生在每一学段、每一学年结束时，英语学习中的口语、单词阅读、阅读理解、抄写、手写、作文、词汇、语法、标点 9 个方面都制定了"法定内容"和"非法定内容"，但每学段的内容和要求相互衔接、量与难度逐层递进加大。以英语阅读为例，课程标准将"阅读（Reading）"分为"单词阅读（word reading）"和"阅读理解（reading – comprehension）"两部分（这可对应于我国的识字和阅读教学），分别有详尽的教学和能力发展要求。前者主要针对字母文字的发音特点、高频词汇进行归纳总结。同时又强调在阅读中继续学习单词拼读技巧，以巩固和加深对单词意义的理解。①

以国家课程标准对"阅读理解"的要求为例。

**Key Stage 1：一年级**

**总体要求（阅读）**

学生需要发展通过阅读建立音和字之间联系的能力，并能随时随地遇到新单词时都能习惯运用这些技能。这需要在阅读中持续增强拼读知识②和技巧的学习。同时，他们需要听读、分享和讨论广泛的高质量的图书，以培养对阅读的热爱并拓展词汇量。

**法定要求**

学生需要被教授：

①通过以下方式增加阅读的快乐、增强阅读动力、发展词汇和理解力：

·在独立阅读之前的难度水平上，广泛听和讨论诗歌、故事、非小说类文学读物

·鼓励学生将所读与所听的读物与自己的经验相联系

·非常熟悉一些重要故事、童话和传统故事，能复述和思考它们的特点

·用可预测的短语（即"猜新词"——笔者注）识别和加入阅

---

① 识字与阅读有机结合的教学要求，对避免儿童只单纯识字而不能理解或对阅读仍然无兴趣的现象是很好的启示。

② 英语作为字母文字，20世纪以来已普遍采用"自然拼读"的方式进行语言学习。自然拼读，是通过直接学习26个字母及字母组合在单词中的发音规则，建立字母及字母组合与发音的感知，从而达到看到单词就会读，听到单词就会拼的所谓大脑自动识别的学习目的。英格兰小学从学前班开始学习自然拼读规律，到KS1学段会继续巩固和加深单词拼读规律的学习，进而熟练掌握。

读理解中

·学习欣赏韵律和诗歌，并能用心体会和背诵其中一些

·讨论单词的含义，并将已知的意思与新含义联系起来

②通过以下方式理解他们已经能够准确和流畅阅读的读物和听过的读物：

·运用他们已经知道的或者通过老师提供的背景信息和词汇来理解

·检查他们从文本中得到的收获，并纠正不准确的阅读

·讨论标题和事件的重要意义

·在已经说和做的基础上做出推论

·根据已经阅读的部分预测接下来将会发生什么

③参与讨论阅读的内容，并轮流发言和倾听其他人的观点

④清楚地说明自己对已经阅读内容的理解

## Key Stage 1：二年级

### 总体要求（阅读）

教师应该继续将重点放在建立学生准确、快速读认单词的技能。同时要确保学生听和讨论大量故事、诗歌、戏剧和信息类等各种读物。学生读得越好、越频繁，他们提升词汇量、理解能力和学习其他更广泛课程的能力就会越快。

### 法定要求

①通过以下方法体会阅读的快乐、增强阅读动机、扩展词汇、提升理解力：

·在独立阅读之前的难度水平上，广泛听、讨论当代以及经典的诗歌、故事和非小说类读物

·讨论书中事件的顺序，和这些信息要素之间有怎样的联系

·提高熟悉、复述更广泛的故事、童话和传统故事的程度

·介绍非小说类文学读物不同的文本结构方式

·识别故事和诗歌中简单重复出现的文学语言

·讨论和明晰单词的含义，已知词汇的新意义

·讨论他们最喜欢的单词和短语

·继续建立诗歌宝库，欣赏和背诵其中一部分，体会适当的语调，使意思更明确

②通过以下方式理解他们已经能够准确和流畅阅读，以及所听过的书籍：

·运用他们已经知道的或者通过老师提供的背景信息和词汇来理解

·检查他们从文本中得到的收获，并纠正不准确的阅读

·在说和做的内容基础上做出推论

·回答和提出问题

·根据已经阅读的内容预测书中接下来会发生什么

③参与讨论图书、诗歌和其他已经读给他们听过和可以自己阅读的作品，轮流讲述和倾听其他人的观点；

④解释和讨论他们对图书、诗歌和其他阅读材料的理解，包括他们所听的可以自己阅读的作品。

## Key Stage 2 的低级阶段：三、四年级

### 总体要求（阅读）

三年级开始，学生应该能够阅读专门为他们这个年龄的兴趣水平写作的大量书籍。……

因为他们解码单词的技能已经迅速增长、牢固掌握，此时教学重点应该更多地发展他们的词汇，拓展阅读的宽度和深度，确保他们能成为独立、流畅而且有积极热情的阅读者。他们应该培养自己对故事、诗歌、戏剧和非小说类读物的理解力和阅读乐趣，学习对所读作品形成自己的观点，并能证明这种观点：三年级开始时可以得到教师帮助，随着能力增强，四年级结束时就可以独立表达。

### 法定要求

学生应该被教授：

①通过以下方式发展对阅读和理解的积极态度：

·听和讨论更广泛的小说、诗歌、戏剧、非小说类读物、参考书或教材

·阅读有不同叙述结构的读物，通过阅读获得不同的收获

·使用字典查阅所遇到的单词的含义

·提高对更广泛的读物的熟悉程度，包括童话故事、神话、传说，并能口头复述其中的一些作品

·辨别大量读物的主题和类型

·准备诗歌和戏剧剧本来大声朗读和表演，通过语音、语调、音量和动作来传达自己的理解

·讨论能抓住读者兴趣和想象力的单词和短语

·识别诗歌的不同形式（比如自由诗、叙事诗）

②通过以下方式理解所读的书，并能独立阅读：

·检查他们从文本得到的收获，讨论他们的理解，并能根据上下文解释单词的含义

·问问题以提高他们对文本的理解

·练习推断能力，比如推断人物的情感、观点、行为动机，并能找证据证明自己的推断

·从书中细节的陈述和隐含内容里预测紧接着可能发生什么

·从一个以上自然段中识别主要观点，并能写出摘要

·识别书中的语言、结构和陈述方式是如何为表达观点服务的

③从非小说类文学作品中提取和复述信息；

④参与讨论读给他们听和自己独立阅读的作品，轮流讲述和倾听其他人的观点。

## Key Stage 2 的高级阶段：五、六年级
### 总体要求（阅读）

五年级开始时，学生们应该能够用准确、合适的语速大声朗读范围更广的诗歌以及为适合年龄兴趣水平写作的图书。……

他们应该能够用合适的语调表达自己对文本的理解，用自己的话概括和表述一个熟悉的故事。能够因为喜爱和获取信息的需要而广泛、持续的阅读，无论在校内还是校外。能默读，很好地理解文本、推断陌生单词的含义，并讨论所阅读的书籍。

**法定要求**

学生应该被教授：

①通过以下方式保持阅读和理解的积极态度：

·继续阅读和讨论数量更多的小说、诗歌、戏剧、非小说类读物、参考书或教材

·阅读有不同叙述结构的读物，通过阅读获取不同的收获

·增加对更多书籍的熟悉程度，包括神话、传说、传统故事、现代小说、作为我们文学遗产的小说，以及有关其他文化和传统的书籍

·向同龄人推荐自己读过的书，并能给出选择推荐的理由

·比较不同的图书

·背诵学习更多的诗歌

·准备诗歌和戏剧剧本来大声朗读和表演，通过语音、语调、音量和动作来向观众传达自己的理解

②通过以下方式理解所阅读的书籍：

·检查他们从书中得到的收获，讨论他们的理解，根据上下文探索单词的意义。

·提问题以促进他们的理解

·练习推断能力，比如推断人物的情感、观点、行为动机，并能找证据证明自己的推断

·从书中细节的陈述和隐含内容里预测紧接着可能发生什么

·从一个以上自然段中提炼概括主要观点，识别支持主要观点的关键细节

·识别书中预言、结构、表达是如何为表达观点服务的

③讨论和评价作者如何运用语言，包括比喻来影响读者；

④能够区分事实和观点的不同陈述；

⑤从非小说类读物中复述、记录、提炼信息；

⑥参与讨论读给他们听的和自己独立阅读的书籍，建立自己的观点，相互之间可以委婉地辩论；

⑦用正式演讲和辩论的形式，围绕一个主题解释和讨论对所读书籍的理解，必要时可做笔记；

⑧对他们的观点进行合理的评判。

从以上列表细节可以看出，KS1 到 KS2 学段对阅读的要求有一条清晰的发展线索，中间环环相扣，逐层递增，最终达到在小学阶段结束时，所有学生都必须达到能够流利、自信地阅读所有科目内容的目的，为即将到来的中学教育做好准备。

从总体要求上，KS1 强调"增加阅读的快乐、增强阅读动力、发展词汇和理解力"，即教学重点放在如何培养阅读兴趣方面，反复强调通过阅读理解单词含义。到 KS2 阶段的三、四年级，学生逐渐成为"独立、流畅而且有积极热情的阅读者"，此时开始强调"发展对阅读和理解的积极态度"，并对读物形成自己的观点。五、六年级需要持续阅读，同时更多地训练表达观点的能力，此时强调"保持对阅读和理解的积极态度"。

在阅读方式上，一年级主要提出以"听"为主的阅读（因此课程大纲对"阅读理解"提出了"听"别人读和自己"读"两个方面），同时有简单复述故事的要求。也就是学生听别人朗读故事，并

且强调所读内容与自身经验结合。这对在识字和阅读初始阶段的儿童来说，建立起书本与自己日常生活的联系以增进阅读理解、激发兴趣，都是极为重要的方法。二年级强调建立学生准确、快速读认单词的技能，同时要确保学生听和讨论大量故事、诗歌、戏剧和信息类等各种读物。

在读物的选择上，从一年级开始就重视对诗歌和非小说类文学作品的阅读，这一要求贯穿了小学 6 个年级，且难度逐级提高。除这两种文体，从 KS1 开始，故事、童话的阅读会占很大比重。二年级在"各种读物"前加了限定词：当代的和经典的，也就是教师开始有选择地引导学生阅读体会文学发展中不同风格、不同形式的作品。三、四年级增加了戏剧、神话、传说、教材和参考书的阅读，五、六年级增加现代小说的阅读，以及其他民族文化文学遗产的接触和学习。这里可以看出整个小学阶段，学生需要接触各种文学体裁和经典作品，这些即是母语学习的主要阅读材料。

在阅读的难度要求上，从 KS1 开始，复述、背诵、理解、推断和预测就成为基本要求。而三、四年级是重要的跨越阶段，此时学生不仅不再依靠"听"来理解，要逐步成为独立的阅读者，而且增加了比较多的能力要求，如利用字典（这是辅助阅读走向独立的重要方式）、提炼信息、写出摘要、朗诵和表演等，进行概括、辨析、推理、论证等思维训练，以此深入理解阅读文本。五、六年级时在此基础上，更进一步发展出识别隐含信息和叙事修辞手法、比较、推论证明等逻辑思维能力，对辩论、演讲等表达能力也有了更高的要求。

（二）学科要求全面且易于操作，为分级书目的开发提供了依据，保证了具体实践中的科学性和可检测性

从以上对"阅读理解"的能力要求已经可以看出，课程标准的目标陈述全面而细致，编排呈现螺旋式上升的逻辑结构，突出了各学段特点，难度系数随着学段的提升逐步增加，这直接对应了阅读难度与水平的不同级别。在教学实践中，避免了因国家标准表述不够具体、各学段要求衔接不紧密而引起诸多理解歧义、不好操作的情况出现，也保证了教师在评测学生能力发展时，有可以把握的范围和标准。

比如课程标准中的"单词阅读"，以一年级的教学要求为例：

能运用拼读知识和技巧分解单词

能快速反应出所有40余个音素的正确发音（字母或字母组合的音素），包括各音素的正确和可能发音

可以准确拼读出包含有已学习过的发音规律的那些陌生单词

能基本读出一些特别的单词，注意它们在拼写和发音上非常不同寻常的一致性

能够读出以－s，－es，－ing，－ed，－er和－est结尾的单词

运用拼读技巧能读出1个以上音节的单词

能够准确读出缩略词（比如I'm，I'll，we'll，能够理解省略符号表示省略的是哪些字母）

大声朗读以持续发展学生的拼读知识，但不用要求他们使用这些技巧拼写出单词

反复读一些书，以发展他们在单词阅读方面的流畅和自信

　　课程标准中还有更为详尽地针对"单词、语法和标点符号"的附录：

| 一年级：需要介绍给学生的内容细节（法定要求） | |
| --- | --- |
| 单词 | 通常名词复数的后缀 - *s* or - *es*（比如：dog, dogs; wish, wishes），包括这些后缀对名词意思的影响；<br>加载动词后面的后缀（比如 helping, helped, helper）；<br>前缀 *un* - 是怎样改变动词和形容词的意思的（否定含义，比如 unkind, undoing; untie the boat）] |
| 句子 | 单词是如何合成句子的；<br>会使用 and 连接单词和从句 |
| 文章 | 用连续的句子形成一个小的叙述段落 |
| 标点符号 | 利用空间分隔单词；<br>介绍大写字母、句号、问号、感叹号、分隔号；<br>名字的大写字母和表示个人的名词 I |
| 教给学生的专门术语 | 字母、大写字母；<br>单词、单数、复数；<br>句子；<br>标点符号、句号、问号、感叹号 |

　　以上可以看出，学生需要掌握的知识点和能力要求非常清晰明确，特别是举例说明，这便于教师在此基础上自主选择教授方法和阅读书目。同时，对于开发针对性的分级阅读书目，这些极为细致的要求都成为具有可操作性的重要借鉴。

　　（三）注重满足接受国家教育的全部学生的需求，为学生设置合适的学习和挑战任务，恰当的评估方式促进每个学生的自信心

　　因材施教的实现还需要非一刀切的合理的评估体系的确立。英

国小学的评估与测试工作由教育部教育水平与测试委员会负责，由各城市、各区的文字委员会具体执行。2014 年之前，英国教育部于2000 年对国家课程标准进行调整时，也相应调整了评价体系，KS1、KS2、KS33 个关键阶段的 7 岁、11 岁和 14 岁 3 次考试只针对英语、数学和科学 3 门核心科目，而 KS4 学段的学生则参加统一的中等教育证书考试（GCSE）。2003 年，又将之前对学生的 10 个等级水平的评定改为 9 个，即 8 个等级水平加 1 个优秀水平，贯穿于 KS1—KS4的学习评测。

2014 年新的国家课程标准出台以前，9 个等级标准分别与课程大纲完全协调一致。虽然 4 个学段的学习计划内容不一样，但是都参照同样的 9 个等级的成绩目标对学生学习进行评价。以有关"阅读"能力的评估等级为例。

**达标标准 2：阅读**

**1 级**

学生在简单的文本中辨认熟悉的单词。他们利用掌握的字母知识和声音符号关系去认识单词和在大声朗读时了解意思。在这些活动中，他们有时需要教师的支持。他们在读诗歌、小说和非虚构文本时能够说出自己喜欢的部分。

**2 级**

学生能够准确理解简单的文本。他们对小说、诗歌和非虚构文本中的主要事件和思想感情表达自己的意见。使用不同的方法阅读生词和理解意义，如语音、图形、句法和上下文。 —

## 3级

学生能够准确流利地阅读不同的文章。独立阅读，使用适当的策略来理解文章大意。面对小说和非虚构文本时，表达对主要观点的理解和喜好。利用字典知识查找书籍和信息。

## 4级

在阅读各类文章时，开始用推理和演绎理解文章的重要思想、主题、事件和人物特点，并对文章中的观点进行解释，能够抓住文章所表达的主要思想感情和信息。

## 5级

学生理解各类文章，把握要点，在适当的地方利用推理和演绎。在理解的基础上，确定关键特性、主题和人物特点，并选择句子、短语和相关的信息来支持他们的观点，通过广泛的来源检索和整理信息。

## 6级

在阅读和讨论各类文章时，学生识别文章不同层次的意义和评论他们的意义和作用。对文学作品做出反应，运用文章中的语言、结构和主题来证明他们的观点，收集各种来源的信息。

## 7级

学生理解不同文章表达的意义和传达的信息，并对诗歌、戏剧和小说发表特别的看法，了解他们的主题、结构和语法特点。从各种多样的渠道筛选和收集一系列的信息。

## 8级

学生学会欣赏和评论不同的文章，表达自己的看法，他们评估作者如何通过使用语言、结构和表达方式进行表达。选择和分析信息以及作者的观点，在不同的文本中评论作者的表达技巧。

**超常表现**

学生自信地阅读理解大量各类文章，表达他们的想法，参考原文语言、结构和有关细节，适当、仔细地比较文本，包括考虑不同的听众、目的和形式。辩论和分析论证，进行解释，适当地引用不同的文章。

学段、年级、年龄对应表

| 学段 | 年级 | 年龄 | 学习水平范围 | 达成目标 |
|------|------|------|------------|----------|
| KS1 | 1—2 | 5—7 | 1—3 | 2 |
| KS2 | 3—6 | 7—11 | 2—5 | 4 |
| KS3 | 7—9 | 11—14 | 3—7 | 5 |
| KS4 | 10—11 | 14—16 | 8 或更高 | 8 或更高 |

KS1 结束时，绝大多数的学生表现应属于 1—3 级，KS2 结束时应属于 2—5 级，KS3 属于 3—7 级，8 级适用于每一个高能力的学生；为了帮助教师在 KS4 学段区分学生超常的表现，还提供了一个高于 8 级的描述，这一描述并不适用于第四阶段。此外英国课标中还设置了评定安排，在 7、11、14 和 16 岁时对学生进行统一的考试，教师的评价与关键阶段末的考试都是检验学生的一种方式。

这里可以看出达标标准对每个学生个体而言是有弹性的，评价水平可以根据学生个体能力的差异而上下浮动。KS1 学段的 1—2 年级学生，达到 1 级或 3 级都被认为是合格的；而 KS3 学段的 7—9 年级（对应于我国的初中）学生，他们听和说的水平应达到 3—7 级，也就是说，如果一个 9 年级学生的听说水平达到 3 级，也被认为是合格的。第 3 级指标，是第一学段 1、2 年级学生的达标的上限，是

3—6 年级学生达标的中限，也是第三学段 7—9 年级学生达标的下限。也就是说，好的学生在第一学段一、二年级就可以达到 3 级水平，而能力低的学生到初中毕业达到这一级水平，仍属于正常的合格标准之内。

这样有弹性地设计各学段的达标指标比较符合儿童认知发展规律，既留有充分的发展空间，又使一部分能力相对差的学生不感到有太大的压力，是一个很人性化的评价指标。

2014 年进行了新一轮国家课程和评价体系改革，英国教育部认为原来的标准偏低，KS2 结束时很多学生并不能达到 4 级水平，而未能为进入中学的 KS3 学段做好准备。因此，2014 年开始，英国教育部不再使用原来的水平等级来评测，而是改用分数范围，使用国家统一测试和学校教师评测相结合的方法来评估学生学习效果和发展空间，其目的是评价每一个学生是否达到课程目标，与同龄人比是否达到平均成绩。因为 2014 年国家课程标准的思路是给学校和教师更多自主空间开发学校课程，因此，在学生评价上，学校和教师的测评分数占据很重要的地位。比如，2016 年刚刚进行的 KS1 学段国家测试①只有英语阅读、数学、英语语法和拼写 3 项，每一项以 85—115 分为目标分数范围，100 分为达标分数，各科分别计分。其中英语阅读满分 40 分，学生的原始分数如果达到 25 分，则视为达到了对应的目标分数 100 分。

改革后的评价体系虽然提高了标准、增加了难度，而且以分数范围取代原来的达标级别，但仍然强调教师提供适龄图书，采用关

---

① 2019 年英国教育部已颁布最新评分范围。

注每一个学生个体学习与发展情况的弹性评价方式。

## 二、围绕国家课程标准的书目分级

由于不设统一教材，英格兰各小学具有充分开发和选择阅读书目的自主权。并且，国家课程标准制定了详尽的教学内容、学习目标以及达标评测范围，因此相关考试和教育机构、出版社、图书馆、学校等在实际操作中有章可循，均围绕国家课程标准开发和配套形成了与核心内容大致相近的阅读分级标准和书目体系。

（一）分级标准

配合国家课程大纲的教学内容，英格兰开发了统一的阅读分级系统，以不同颜色表达，称为"图书级别"（Book Band），每一种颜色代表一个难度级别。各出版社的图书开发、学校的选择、学生阅读进阶评测等，都会依照级别的颜色来表示。

图书难度从学前班（Reception）到小学六年级共分16个颜色的级别，每个颜色代表的难度含义和与国家课程标准要求的阅读水平（2014年新课程标准以前的阅读级别）有以下对应关系。

淡紫色：无字书，仅仅依靠图画讲述故事。这类图书通过创造和讲述故事来帮助孩子练习听、说技能。相当于预备级。

粉色：有文字的第一级图书，准备达到国家课程标准的阅读1级水平，与拼读阶段2（Phase 2 Letters and Sounds）相一致①。孩子刚开始适应从左向右读书，并学习把口语发音和书面文字相对应。

---

① 从学前班到一、二年级的 KS1 学段，母语教学会始终关注拼读知识和技巧的训练。在自然拼读教学体系中，按字母和字母组合发音的难易程度区分 6 个阶段，称为 phase 1—phase 6，在 KS1 两个年级内完成学习。

**图书级别与年级对应表**

一本书不超过 10 页，每页大约 5 个字。

红色：准备达到国家课程标准的阅读 1 级水平，与拼读阶段 3 相一致。孩子们已获得一些阅读自信，并能阅读一些单词。通常一本书不超过 15 页，每页有 1 句话。

黄色：达到国家课程标准的阅读 1 级水平，与拼读阶段 4 相一致。孩子已经开始阅读更多样的句子结构，并能了解一些标点符号的意义。通常一本书不超过 15 页，每页 1—2 个句子。

蓝色：达到国家课程标准的阅读 1 级水平，与拼读阶段 4、5 相一致。孩子能自信地阅读更长和更多样的一些句子。通常一本书不超过 15 页，每一页有 2—3 个句子。

绿色：达到国家课程标准的阅读 1 级水平，与拼读阶段 5 相一致。孩子已能够流畅阅读，并了解标点符号的意义。通常每本书 20 页，每页 3—4 个句子。

橙色：准备达到国家课程标准的阅读 2 级水平，与拼读阶段 5—6 相一致。孩子开始阅读更长、更复杂的句子，并了解大量标点符号的意义。通常每本书 20 页，每页 4—5 个句子

蓝绿色：准备达到国家课程标准的阅读 2 级水平，与拼读 5—6 相一致。孩子已经能够相当流畅地阅读复杂的句子，了解大量标点符号的意义，已不再依靠图画的帮助就能表达出故事。通常每本书 20 页，每页 4—5 个句子。

紫色：已达到国家课程标准的阅读 2C 级水平，与拼读阶段 6 相一致。孩子能够快速地默读，了解大量标点符号的意义。通常每本书 25 页，每页 5—10 个句子。

金色：已达到国家课程标准的阅读 2B 级水平，与拼读阶段 6 相一致。孩子能够快速地默读，了解大量标点符号的意义。通常每本书 25 页，每页 5—10 个句子。

白色：已达到国家课程标准的阅读 2A 级水平，准备达到阅读 3 级，会涉及各种拼读知识。这一级图书开始分章节，孩子已习惯默读，并对较长的故事感兴趣。通常每本书不超过 30 页，每页 10 句话。

绿黄色：达到国家课程标准的阅读 3C 级以上水平。这一级为章节图书，孩子已习惯默读，并对较长的故事感兴趣。通常每本书有 30 多页。

棕色：达到国家课程标准的阅读 3C 到 3B 水平之间，孩子能理解更为复杂的单词用法和双关语。

灰色：达到国家课程标准的阅读 3A 到 4C 水平之间。

蓝色（KS2）：达到国家课程标准的阅读 4B 到 4A 之间。能够熟练地从文本中组织信息，理解更复杂的角色。

红色（KS2）：达到国家课程标准的阅读 5C 到 5B 之间。

列表中可以看到每个年级对应好几个难度级别，也就是说，同一年龄段孩子的阅读水平和能力可能相差较大，他们可以选择适合自己的图书。比如学前班图书适合从淡紫色到黄色 4 个难度级别，一年级图书适合从红色到橙色 5 个级别，二年级图书适合从绿色到石灰色 8 个级别，等等。每个年级的图书级别有不同程度的重叠交叉，比如红色和黄色级别的图书适合学前班阅读水平较高的孩子，同时也适合一年级阅读水平较低的孩子。蓝色、绿色、橙色图书既可供一年级阅读水平高的孩子选择，也可供二年级阅读水平较低的孩子选择。绿黄色图书是二年级阅读的最高级别、三年级的平均级别、四年级的最低级别。从这一级别往后的图书，被称为延展阅读（extended readers 或者 free readers），属于词汇量、篇章结构、故事等难度较高的图书。四年级与五年级的图书难度一致，只在六年级才增加了一个最难级别的红色（KS2）系列。

在整个小学阅读体系中，为一、二、三年级提供的图书难度级别最多，而这个年龄段也正是从听、看等辅助阅读方式逐渐进阶到独立阅读阶段的关键时期。从粉色到白色，也就是对应国家课程标准的阅读 1 级到 2 级水平，一共设立了 11 个图书难度级别，以极为缓慢的进阶坡度培养孩子的阅读兴趣、自信。而到四年级以上，图书难度加大，大多数学生都需达到独立阅读、默读较长篇幅文字书的水平，同时对应国家课程标准中的"阅读"3 级至 5 级要求。因此，学校、出版社以及相关教育机构普遍将从淡紫色（预备级）、粉色到绿黄色共 11 个难度级别作为帮助孩子提升阅读能力的主要进阶指导颜色。他们认为到 7 岁或 8 岁，大多数孩子基本达到相当流利地阅读的程度。虽然绿黄色之后仍然有难度级别的区分，但孩子们已经能够大量自主选择阅读材料，图书的分级变得不再那么重要。

教师或家长判断孩子处于哪一个阅读级别的依据是：每页能够认识至少 90% 的单词。如果书太简单，他们会觉得无趣。如果太难，他们会很受挫，会将注意力主要集中在认单词上而失去了享受和理解故事的乐趣。

从以上列表和分析可以看出，图书难度级别的设计与国家课程标准的阅读要求相对应，同样注重学生能力发展的个体差异。而且分级极为细致，一个年龄段设计多个难度级别的图书，这使得进阶坡度缓和，孩子"爬上去"比较容易，在培养阅读兴趣的同时，并不感到向高一级进阶是非常困难的事，从而很好地建立起阅读自信，并循序渐进达到国家课程标准的要求。同时，每个年龄段可根据不同的阅读能力选择多种级别的图书，这是以"书"为对象建立科学的可测体系，而以"人"为中心建立人性化的差异选择模式的充分体现。

（二）出版社和教育机构的分级理念和图书开发

虽然有统一的分级系统，但国家并不提供统一的分级读物，而是主要依靠出版社、教育机构等对 Book Band 颜色体系进行诠释，并开发与国家课程标准相配套的分级书目。既然小学可以自主选择阅读书目，这便促成了庞大的竞争激烈的分级图书市场的建立，也逐渐形成较为成熟的图书分级理念和完备的教材型分级书目（Reading Program）①。尽管目前英格兰小学选用的阅读书目各不相同，各出版社与教育公司开发的图书级别数量不一，但这些教材型图书系列有一个共同特点，那就是：邀请儿童文学作家原创作品，创作中的分级依据（包括词频规律、词汇数量、阅读理解水平）完全遵循国家课程标准的阅读要求，以 Book Band 为主要标准，进阶的颜色排序基本按此设定。这样即使各学校书目不同，即使一个学校购买或在社区图书馆租借多个分级系列图书，但各个图书系列之间颜色排序类似，都标注在书脊、封面或封底等显著位置。同一颜色的难度级别大致相似，这样学校和教师可以为同一年龄段学生提供更多样化的图书选择。②

目前英格兰小学使用的教材型分级读物多种多样，比如牛津树系列（Oxford Reading Tree）、大猫系列（Big Cat）、小虫俱乐部系列（Bug Club）、新阅读 360 系列（New Reading 360）、小瓢虫系列（Ladybird）、尤思邦系列（Usborne）、里格比星星系列（Rigby Star）、普若杰 X 系列（Project X）等。出版社普遍认为 Book Band

---

① 所谓教材型读物，是指出版社或教育机构配合国家课程标准开发的分级阅读书目，可以等同于教材来使用，教师会选择其中一种或几种作为课堂阅读教学与指导材料。除核心图书标注有详细的知识重点外，还配有练习册和专门的教师与家长指导用书等。与国家课程标准的要求一致，系列图书通常分为小说故事类（fiction）和非小说类读物（non‑fiction），但内容活泼有趣，分级细致。与完全作为课外读物的分级图书不同，后者的年龄分级粗略，跨度大，主要不会围绕国家课程标准来设定。同一家出版社可能同时出版教材型分级图书和普通分级图书。

② 英国专门为教师和家长提供的针对 4—9 岁儿童阅读的专业分级图书租借网站 Reading Chest 指出："只要知道孩子的阅读级别，就能够从不同的图书系列中选择合适难度的读物。"正是因为大多数分级图书基本遵循了 Book Band 的颜色序列和难度要求，才使从海量图书中进行选择成为可能。Reading Chest 网站拥有市场上较有影响的大部分分级图书系列可供选择，而且将各个图书系列的分级序列都进行排列对比，以方便教师和家长对应选择。

的每一种颜色代表了阅读的平均水平，但没有哪一个孩子是"平均"的产物，因此也没有孩子会按照这个颜色排列方式缓慢平稳地提升阅读水平①。因此，各大出版社力求更加注重个体差异性，竞相开发自己的阅读进阶序列和内容生动有趣的读物，进一步细化分级，并尽量确保每一级难度的内容设计更加科学和有吸引力。其开发的图书虽然颜色序列基本与 Book Band 一致，但在级别数量、级别标注的高低，尤其是图书内容上充分展示出自己的思路。

另外，这些教材型读本具有共同特色。

首先，开发机构对国家课程标准有进一步的细分和详尽的解释，而且开发出自己的阅读水平评估方式。国家标准有调整，开发机构都会及时修正和配合。比如英国小学普遍采用的"牛津阅读树系列"②，2014 年国家课程标准出台后，"牛津树"公布了该系列与国家标准的对应方式。

---

① 见培生教育集团对 Book Band 的诠释 "What do Book Band levels mean?"。

② 牛津大学出版社开发的"牛津阅读树分级书目"（Oxford Reading Tree，简称 ORT 系列）是我国最为熟悉的分级读本，但仅限于国内儿童的英语学习，而且引进的是家庭使用的辅助读物，不是学校普遍采用的教材型读本。英国小学使用的 ORT 系列，是经过三十余年的研究、探索和开发，已成为英国家喻户晓的分级读本，共分为 16 个级别，系列的第 1 级到第 11 级系列是 Reading Tree 系列，大体分为故事类和非虚构文本类，每一类又原创有种类繁多的系列，每一个系列多半以相同或相似的人物形象或主题为标志，形成极具特色的代表型读本。每一个系列中又会有细致的难度分级。当阅读水平达到 11 级，就可以非常自信（confident reader）地、通畅地（fluent reader）阅读同等水平的故事书、报刊、诗歌等。第 12 级到 16 级是 Tree Tops 系列，相当于孩子的水平已经达到树顶，接下来主要是根据构建好的阅读计划，阅读更多的书以大量扩充词汇和知识面。

| 新国家课程标准的目标 | "牛津树"如何对应这些目标 |
| --- | --- |
| 阅读 | |
| "儿童必须逐渐能够轻松流畅地阅读" | Floppy 的拼读系列之"语音和字母":这套书致力于语音合成技巧的训练,能够提高拼读教学中有关语言和字母学习的质量 |
| | Floppy 的拼读故事和非虚构故事类读本:这套书能让孩子通过 Biff,Chip and Kipper 的有趣故事激发阅读兴趣,帮助他们发展流畅阅读的能力 |
| | "真相"系列:这是一套非虚构类读本,能让孩子体会到和文学故事一样的阅读乐趣 |
| | "星火故事"系列:这是一套科学分级的故事书,能让孩子强化已取得的阅读进步,并培养终身阅读的爱好 |
| | 传统故事系列:这个系列包括了世界各地最受欢迎的传统故事,可以训练孩子拼读解码并重述故事的能力,提供新的阅读视角 |
| | "歌唱鸟"拼读系列:这是一套非常有趣的单词解码读本,由最畅销的作者 Julia Donaldson 创作 |
| 孩子需要学习较好地理解文本的能力 | Biff,Chip and Kipper 拼读解码故事、Biff,Chip and Kipper 经典故事、"真相"系列、"星火故事"系列、金鱼草系列、"萤火虫"系列和传统故事系列,这些书可以帮助孩子从拼读学习,过渡到流畅自信阅读,并且通过阅读讨论体裁广泛、数量众多的不同类型文本增强孩子深入理解作品的能力。 |

续表

| 新国家课程标准的目标 | "牛津树"如何对应这些目标 |
|---|---|
| 孩子需要发展广泛阅读的习惯，体会到从阅读中获得快乐和信息 | Biff，Chip and Kipper 故事系列、"真相"系列、"星火故事"系列、金鱼草系列、萤火虫系列，这些孩子喜爱的角色、让人兴奋和幽默的故事、有趣的主题让孩子沉浸在阅读中；经过分级的多样化的图书确保每个孩子都能参与到阅读中 |
| 孩子需要学会欣赏我们丰富多样的文学遗产 | 传统故事系列中的优美插图、来自世界各地的有趣而富于道德感的故事，都可以完美地向孩子介绍各种文化传统，以及类似好与坏、贪婪和权力等经典主题 |
| 孩子需要掌握广泛的词汇 | Biff，Chip and Kipper 故事系列、"星火故事"系列、传统故事系列和金鱼草故事系列，阅读这些语言丰富、充满有趣细节的故事能起到向写作、表达和戏剧表演过渡的作用 |
| 孩子必须学习讨论、详细说明和解释自己的阅读理解和观点 | Floppy 的拼读系列、传统故事系列、"星火故事"系列、Chip and Kipper 拼读解码和发展故事、Biff，Chip and Kipper 经典故事，提供给教师的知识点，可以帮助教师和父母检查孩子的阅读理解以及观点的表达；"真相"系列中极其出色的图片、别致的插图和广泛的主题组成的图书可以帮助孩子拓展知识；其电子版本和涵盖的知识点可以发展孩子的动手能力和重要的文字技巧 |

以上图表中，"牛津树"不仅详细解读国家课程标准的要求，使开发的每一个系列，都有经过科学分级的数量繁多的图书，虽人物或标志性主题可能相似，但内容千变万化。因而面对新国家课程大纲对不同年级的要求，每一个系列都有自己的应对特色。而且，针对国家标准出版社还开发了自己的评价体系，为孩子阅读不同系列

的情况设计评价量表，评估在"牛津树"体系中孩子所处的阅读级别。

其次，著名儿童文学作家和教育专家参与原创针对性的分级读物。根据课程标准的要求，单词阅读（Word Reading）和阅读理解（Reading Comprehension）是英国儿童学母语的两个重点（相当于我国儿童学习中文时的认字和阅读两方面）。因此，原创故事活泼，词汇由易到难，或者图片生动、真实、生活化，能引起孩子阅读和记忆的兴趣。这些系列的开发团队会签约知名儿童文学作家、插画家进行针对性地创作，形成最有吸引力的作品系列。这也是学校、教师和家长愿意选择该系列作为阅读教材，有可讲和反复阅读并延伸出更多教学活动的重要基础。比如"牛津树"系列的签约作家 Roderick Hunt，是英国著名童书作家，为"牛津树"创作了著名的"神奇的钥匙"系列（*The Magic Key*），插画家是 Alex Brychta，二人合作多年。这个系列从 1985 年最初的 30 个故事，一直到现在扩展到 400 个故事，成为 80% 的英国小学都会选用的阅读材料。因为原创这套分级读物，Roderick Hunt 于 2008 年获得英国国家勋章，而 Alex Brychta 于 2009 年获得教育类杰出贡献奖章。还如，"虫虫俱乐部"特邀儿童文学作家 Julia Donaldson，为其戏剧类分级读物主创了 6 个级别，共 36 册故事，曾获 2013 年英国图书设计制作奖。Julia 是英国第一位连续五年（2010—2014）销量达到 1000 万英镑的儿童文学作家，曾获 2011—2013 年度"英国儿童文学桂冠作家"的至高荣誉。她在正式进入儿童文学创作领域之前，曾长期为儿童电视节目创作歌曲、编写剧本，因此她的文字朗朗上口，占据英国各大图书网站最流行的儿童绘本 Top 榜单。这些作家成为分级读物的创作主体，保证了系列图书的特色风格、内容质量、目标效果和时代感。

再者，在具体内容上，无论是文学类读物还是非虚构类读物，最后都有类似"阅读指导"的内容，清楚地标注重点词汇、句型、学科知识、阅读理解要求，提供给教师和家长作为参考。

第一，每本书都有明确的词汇学习目标。哪怕是最初级的读物，也会有根据词频规律选择的几个或十余个重点词汇，以帮孩子逐步积累稳步扩大词汇量。同时词汇的学习会细化到字素和音素，每一本涉及几个，循序渐进从简单到复杂，从普通规则发音单词到常见的特殊单词。

第二，每本书都会侧重一个或几个句型的学习，在重复中帮孩子熟悉英文从简单到复杂的句法。句型学习，是从单词认读到篇章阅读的"桥梁"。熟悉基本句型，可以帮孩子在阅读中更容易以"结构"的眼光看文章，而不是单词与单词的拼加。对于启蒙阶段的孩子，最有效的学习方式就是重复练习（Pattern Practice）。选配不同的生动图片或绘画，反复出现同一句型，中间只变换常用单词。级别越高，所练习的句型越多越复杂。这是 3 套系列中初级读物的共同特点，对应的是课程标准中"学习单词如何构成句子"的内容要求。

第三，每本书指明相关的学科关联点，把学语言、体会阅读和学科知识紧密结合。国家课程标准对于每一个年级均有指定的学习科目，除了所有年级都要学习的英语、数学、科学 3 门核心课程（Core Subjects）以外，KS1 学段需开设艺术和设计、电脑、设计与工艺、地理、历史、音乐、体育、宗教教育 8 门课程。KS2 学段需开设艺术和设计、电脑、设计与工艺、语言（指外语，笔者注）、地理、历史、音乐、体育、宗教教育 9 门基础课程。而每本分级读物最后的阅读指导中则会指明书本内容与国家课程标准的联系，涉及到哪个学科的哪些学习部分。

第四，给出详细步骤帮助孩子进行阅读理解。每本书最后有"学习目标"（Learning Objectives），会说明可以用这本内容来练习哪方面的阅读理解能力。阅读指导中给出指导步骤：阅读前，可以讨论什么；怎么去读，可以带着哪些问题去读；读完后，结合问题去再读一遍相关内容；最后是相应的表达训练、延伸阅读、动手练习、表演等。

除了这些共同特点，各分级系列还有自己的特色。这里以在英格兰小学普遍采用的开发已十几年的柯林斯"大猫"系列为例。

作为英国著名的出版公司，柯林斯（Collins）关注儿童教育、开发儿童分级阅读系列图书的时间虽不及牛津大学出版社悠久，但也有十余年历史，属于分级读物市场的后起之秀。柯林斯的"大猫"系列能迅速占据市场、在小学及家长中产生巨大影响而成为英国主流教材型分级读物和学习材料，主要在于其内容、题材、制作、编排上更契合时代潮流和新课程标准的要求。

第一，柯林斯公司对新课程标准的诠释非常细致。与"牛津阅读树"系列图书一样，在提供给教师的"学习渐进导图"中，"大猫"系列分别对 KS1 和 KS2 两个阶段"如何对应国家课程标准的能力要求"给出了详细说明。导图中的每一组颜色等级都分别对应 4 个部分：颜色等级、国家课程标准的单词阅读能力要求、国家课程标准的阅读理解能力要求、柯林斯大猫系列图书（部分示例）。每一组颜色向下一组进阶时，同时也清晰地显示出了国家课程标准的难度如何循序渐进地晋级，而大猫系列读物又是如何支持和对应这些要求的。

以 KS1 为例，一年级阅读分 4 个级别，排列 3 组，分为针对单词阅读的"拼读系列"（Phonics），以及阅读两个系列。二年级分 7 个级别，排列 3 组。

**"大猫"学习渐进导图（教师用）**

**分级阅读材料与新国家课程标准能力要求的对应 KS1**

| 一年级　颜色级别 | | |
|---|---|---|
| 这两个级别的读者需要发展拼读能力和整体记忆词汇（Sight Vocabulary①）；阅读一些与熟悉的事物和行为有关的短的、简单的、能够预测好把握的作品<br>粉色 1a 和 1b<br>拼读系列粉色 1a 和 1b<br>红色 1a 和 1b<br>拼读系列红色 1a 和 1b | 这两个级别的读者将发展和扩展他们的拼读技巧，以及整体记忆词汇中的常用词汇；能阅读有重复短语表达的作品，熟悉一个句型中变化的词汇<br>黄色 3<br>拼读系列黄色 3 | 这两个级别的读者将进一步联系和熟练掌握拼读技能；能阅读包含更多事件或按事件顺序发生的事件片段，这些叙述会有一些文学表达和熟悉的口头语言结构<br>蓝色 4 级<br>拼读系列 4 级 |

① Sight Vocabulary 或 sight words，指一眼能反映出来的单词，如 a，and，I，me，can，down，must，ride，saw 等，大约 220 个左右。这些词占据了阅读词汇量的 50%，尽早地熟练掌握它们，将极大地提高阅读速度和流畅度，帮助阅读理解。因此英国小学母语学习极为重视这些单词的整体记忆，根据词汇的难度和使用频率，通常会在一至三年级全部完成这 220 个的学习和记忆。

| 一年级　颜色级别 | | |
| --- | --- | --- |
| 国家课程标准单词阅读的要求 | | |
| ·运用拼读知识和技巧解码单词<br>能快速反应所有 40 余个音素的正确读音，包括字素的使用位置、读音变化 | ·运用所学技巧准确地拼读陌生单词的组合发音<br>·读出以 s，es，ing，ed，er 和 est 结尾的单词 | ·能读出通常一些特别的单词，包括单词中拼写和读音不一致的地方<br>·能读缩略词（比如 I'm，I'll，we'll），并且理解其中缩略和隐藏的字母<br>·反复读一些书以在单词认读方面变得流畅并建立自信<br>·运用所学方法读出有一个以上音节的单词 |
| 国家课程标准阅读理解的要求 | | |
| ·凭借他们已经知道的或者老师提供的信息与词汇理解读物<br>·讨论标题和事件的意义<br>·识别和猜测短语<br>·将他们阅读或所听的内容与自己的经验相联系<br>·清楚地陈述他们对读物的理解<br>·听和讨论能独立阅读前适龄的广泛的诗歌、故事、非虚构类文学读物 | ·讨论单词的意思，将已知的含义与新意思想联系<br>·在说和做的基础上做出推论<br>·熟悉童话故事、传统故事，能复述和思考它们的特点 | ·在已经阅读过的内容基础上预测接下来会发生什么<br>·参与讨论所读的作品，轮流繁衍并且倾听其他人的观点<br>·检查他们阅读的收获，并且纠正不正确的阅读 |

续表

| 一年级　颜色级别 | | |
|---|---|---|
| 柯林斯"大猫"系列对应书目 | | |
| ·粉色1a<br>《天竺鼠》：重复句型"in the"<br>·拼读系列粉色1a<br>《Pam小绒毛》：涵盖音素p，a，m，n，s，d，t，i<br>·拼读系列红色2b<br>《Wet，Wet，Wet》：涵盖音素a，ai，ou，oo，h，b，f，ff<br>《大狗》：练习包括s，es，ing，ed，er and est的阅读词汇 | ·黄色3<br>《小鸟助手》：凭借孩子们已经知道的内容，讨论单词的意思<br>《瑞贝卡在游乐场》：鼓励孩子们将读到的内容与自己的经验联系起来<br>·拼读系列黄色3<br>《视觉大发现飞行》：涵盖音素y，zz，i-e和缩略单词<br>《把马拴在树上》：涵盖音素ay，ow，ay，a-e和让读者迅速反应正确发音的音素 | ·蓝色4级<br>《改变和成长》：鼓励孩子们在已经读到的内容基础上预测将会发生什么<br>《公主和风根》：复数童话故事<br>《托德和小鼓》：鼓励倾听、讨论和表达观点<br>《莫极、微扎和新帽子》：进一步发展拼读技巧<br>·拼读蓝色4级<br>《做帽子的人和黑猩猩》：涵盖音素ow、oo，并复习之前阅读蓝色拼读系列的孩子学习过的音素内容，同时学习一些新的音素内容 |
| 二年级　颜色级别 | | |
| 这三个级别的读者将读到更为流畅的、没有重复叙事的较长篇幅的作品，其中会有更多的角色和事件。他们将阅读更为广泛的文学语言和更复杂的不熟悉的语言<br>绿色<br>橙色<br>蓝绿色 | 这两个级别的读者将阅读使用了更多词汇的图书，去理解故事中有更多复杂的情节和角色的广泛的文学读物，以及使用了更多正式语言的非虚构类作品<br>紫色<br>金色 | 这两个级别的读者将增加更多技术和外语方面的知识，阅读更长更复杂的句子结构。他们要练习在文本中搜寻信息，提高表达自己观点的能力，在讨论阅读的文本中获得自信<br>白色<br>绿黄色 |

| 二年级 颜色级别 | | |
| --- | --- | --- |
| **国家课程标准单词阅读的要求** | | |
| ·继续运用拼读知识和技巧发展解码单词的能力<br>·运用所学知识准确地读出单词的组合发音<br>·识别单词中音素的发音变化<br>·能读涵盖了普通后缀的单词<br>·准确地读出包含同样字素的有两个或以上音节的单词 | ·能流畅准确地读出更多单词<br>·能读出更多常用的特殊单词 | ·能运用掌握的拼读知识，大声朗读图书，能准确、自动地读出不熟悉的单词<br>重读一些书，以建立单词阅读的流畅和自信 |
| **国家课程标准阅读理解的要求** | | |
| ·学习非虚构类作品多样的文本结构方式<br>·参与讨论诗歌和其他读过的作品，轮流发表观点并倾听其他人的说法<br>·熟读更广泛的童话故事和传统故事·在已经读过的内容基础上预测接下来可能会发生什么<br>·从已经知道的文本内容中或者通过老师提供信息和词汇，表达读到了什么 | ·检查他们从文本中获得的收获，并纠正不正确的阅读<br>·讨论故事中事件的顺序，以及相关的信息<br>·在已经读和做基础上做出推测<br>·能提出并且回答问题<br>·听和讨论处于能独立阅读之前的水平的文本 | ·解释和讨论对故事、诗歌和其他阅读材料的理解，包括听和自己读过的文本<br>·讨论和辨析单词的意思，将新的含义与已知意义相联系<br>·讨论他们最喜欢的单词和短语，识别诗歌和故事中简单的重复出现的文学语言 |

| 二年级　颜色级别 | | |
| --- | --- | --- |
| 柯林斯"大猫"系列对应书目 | | |
| ·蓝绿色<br>《耐嚼的 Hughie》：预测 Hughie 将会发现什么"特殊的事情"；看看从角色中得到什么收获，用文本中的单词和短语参与讨论故事<br>《消失的村庄 Skara Brae》：独立阅读，能准确地读出不熟悉的单词，参与讨论并且聆听其他人的观点 | ·紫色<br>《宠物侦探，乌龟的麻烦》：阅读整体记忆单词中的高频词汇；针对这一组作品提出和回答问题<br>《活着的恐龙》：阅读少量的常用音素，从文本中寻找信息和观点<br>·金色<br>《Buzz and Bingo 在童话森林》：从文本中的信息预测故事结尾，识别不同的角色<br>《这是怎样做的?》：从连续的信息中找出这些因素是如何关联在一起的 | ·白色<br>《我从不知道诗歌是在怎样产生出来的》：流利的阅读，思考单词是如何使用的，识别新单词的意义；用正确的语调朗读<br>《你的感觉》：表达对故事的观点；从单词和短语支持他们的观点<br>《打喷嚏的人》：说出故事的主题和理解，识别事件和角色<br>·绿黄色<br>《再想想》：检查不熟悉单词的意思；重读故事并比较其他熟悉的故事<br>《血》：将信息与观点相联系，独立阅读故事，并解释故事是如何组织起来的<br>《床下的怪兽》：故事为什么会发生或者角色为什么会变化，能找出原因；能解释故事中的情绪或氛围是如何产生的 |

　　第二，"大猫"系列顺应新国家课程标准要求文学故事类读物（Fiction）和非虚构类读物（Non‑Fiction）"齐头并进"的趋势，开发了数量基本对等的两类分级读物。每个颜色级别几乎都是故事型

和知识型读物各一半。比如"大猫"6级中的"阅读狮子"系列（Reading Lions Series）属于已经可以"流利阅读"的水平，包含于6本书中，其中《太阳系的旅行向导》（*The Traveller's Guide to the Solar System*）、《Michael Rosen：关于我》（*Michael Rosen：All About Me*）、《穿越印度洋的旅行》（*My Journey across the Indian Ocean*）3本是非虚构类作品；另外3本《刺猬之谜》（*The Hedgehog Mystery*）、《我有一个梦想》（*I Have a Dream*）、《火光计划》（*Project Bright Spark*）是文学作品。

第三，对于非虚构类读物，尤其是初级系列，会采用大量制作水准非常高的实拍图片，接近《国家地理》《DK》等著名杂志的图片水平，而且包含这类插图的图书数量比传统手绘插画为主的分级读物更多。在高级别读物里，多采用具体操作或发展的实景图和效果图，以帮助理解现实过程。这些都更能引起孩子的阅读兴趣和对知识精确度的需求。

第四，题材广泛，且从书本设计到内容都追求变化。这与"牛津树"的思路和风格非常不同。大猫系列常邀约不同的儿童文学作家和插画家进行创作，往往不追求统一标准、模式、主题和人物角色的故事系列，即使在同一个分级读物系列中，可能书的开本大小、装帧设计、图画风格、语言风格、人物形象都各不相同。以上列举的"大猫"6级中"阅读狮子"系列即是如此，无论文学故事类还是非虚构类，6本图书由6位作者创作而成，画面或摄影风格各不相同，语言表达上更是各具特色。这在"标准化""系列化"的分级图书市场中，柯林斯公司的专家团队在开发分级图书的理念和操作方式上别具一格，更加注重了当下孩子多样化、个性化的特征。

### 三、小学课堂教学与分级阅读

（一）课堂教学与家校合作的阅读教育

1. 教学方式

（1）师资配备

英格兰小学每班学生数量不超过30人，不仅没有统一教材，而且教师的教学不分学科。每一个班只配备一个主要班级老师（Class Teacher，类似于我国学校的班主任），负责英语、数学、科学、历史、地理、艺术设计等几乎所有科目的课堂教学（除音乐、体育等专门课程外）和学生活动管理工作。同时配备一个助理教师（Assistant teacher），负责配合、辅助主要老师的教学工作、小组活动、学生的学习辅导等。

主班老师不仅要求对各科教学有全面的操控能力和方法，而且准备各科教案时不能统一操作，要根据孩子能力的不同设计不同的教学方案。具体到课堂教学，会分为由老师集中授课的"地毯时间"（carpet time，英国小学课堂没有为学生配备统一课桌椅，而是在教室中间席地而坐，旁边是一圈矮座椅，摆放齐全的教学用具）。老师集中讲授的时间大约为20分钟，根据观察、提问等方式就可大致评估每个学生的接受水平，然后将学生分组。20分钟之后学生坐到矮桌椅座位，分小组进行教学活动。这些座位是根据学生的能力高低分成4组或5组，而这些小组并非一直不变，有些学生语文组在一起，数学组不一定在一起，阅读组还可能又不一样。5个组每天都要有不同难易程度的学习任务。比如，一年级 10 以内加法的数学课，能力最强的小组学生会得到设计较难的题目，第二等级的稍微简单一点。水平较弱的学生一组，需要较为简单的练习，还要用实物游戏辅助。最后一组属于有学习障碍的学生，助教主要帮助后两组学生。主班老师要在各组之间中来回巡视观察，随时提供帮助。大约 20 分钟以后活动结束，学生再回到地毯上，老师根据刚才观察到的情况强做出评价和分析，并强调当天上课的知识点。

（2）主题教学

对于一个有 30 名学生的课堂，只有国家课程标准和学校课程标准可以依据，没有教材可以直接使用，由一位教师教授全部核心课程和大部分基础课程，这需要有一套操作性强的教学策略和方法。

以伦敦坎姆顿社区（Camden）的 Gospel Oak 小学为例，主题教学是非常突出的特色。每学期除了围绕课程标准的拼读、字词、语法、数学基础教学外，每学期还会设计不同的教学主题，通常结合校外博物馆、社区设施、自然公园等进行参观和户外实践活动，并扩展到课堂内的各个学科教学，包括英语阅读教学。每个主题大约持续几周至 1 个月时间。

比如在 2014—2015 学年，Gospel Oak 小学一年级设计的教学主题有"装饰""玩具""时间旅行""装扮""鲜花与昆虫"。

| 时间 | 主题 | 涉及课程 | 教学内容 |
|---|---|---|---|
| 2014.11 | 装饰 | 艺术<br>历史<br>技术实践<br>社会<br>计算机 | 欣赏绘画作品；绘画创作；了解装饰艺术的历史；如何用电脑技术设计装饰图案：穿最喜欢的节日服装到学校，举办联欢会，学习如何装饰空间和食物 |
| 2015.1 | 玩具 | 科学<br>历史<br>设计与实践 | 参观伦敦玩具博物馆，了解玩具的历史发展、制作材料；带上自己民族或祖国的玩具到学校，向同学介绍自己的玩具并分享；自己设计玩具 |
| 2015.2 | 时间旅行 | 历史<br>艺术 | 户外调查，做"时间侦探"，在当地寻找过去时间的"线索"；用绘画表达时间 |
| 2015.4 | 装扮 | 地理<br>科学和技术实践<br>艺术<br>历史 | 参观伦敦肖像博物馆，了解不同历史时期的人穿着的服装；穿上本民族服装到课堂，向同学介绍自己的民族和服装；绘画画出服装，并做出新的设计 |
| 2015.6 | 花草与昆虫 | 科学<br>地理<br>艺术<br>社会<br>设计和技术实践 | 到学校操场和附近公园户外实践，观察植物、鲜花、蔬菜、种子；播种，记日记观察几周内种子的发芽变化 |

以上主题教学虽然未涉及英语、数学两门核心课程（但包含了科学课程），但在活动教案中会设计相关词汇、表达法的学习，并在整个活动过程中都有查找并阅读相关书籍资料的任务。主题教学使有限的课堂教学时间融合为一个整体，而不是割裂的知识片段的讲授，这看似延缓了知识传授的速度（1 个月时间只涉及了 1 个主题），但学生学习的主动性和知识扩展的速度较快。

2. 家庭作业

跨越学科壁垒的融通式教学，对教师提出了较高的要求，每个小学教师都需要成为通才式的课堂领导者。这固然有英国小学获取教师资格的难度与强度非常高、师资缺乏的原因，却形成了独特的教学方式，即分级阅读不仅是英语课，也是各个学科的学习要求。这与分级读物中会注明所涉及的课程、同一本读物会涉及多个学科要求是一致的。

学校课堂教学如此，学生的家庭作业也会有突出的重点。在KS1 学段，家庭作业只有阅读一项。每周一老师根据学生已有的阅读水平帮助挑选（或者学生自己挑选）3 本书（如果已经开始阅读篇幅较长的章节书，则通常选择 1 本），作为这一周的家庭作业。同时每个学生配备 1 本"阅读记录手册"（Record Book），由家长在陪同孩子读书时，观察其阅读反应、流畅程度、喜好、出现的问题，第二天老师会查看记录，再结合孩子在学校的阅读情况评估其阅读水平，考虑课堂分组、是否需要调整图书难度级别以及是否需要帮助，等等。

以 Gospel Oak 小学为例，从学前班到小学一、二年级，家庭作业主要是阅读，从无字书和拼读游戏书到较长一些的图画书，图书难度随着时间逐渐增加，但每个孩子的阅读进度完全不同，同一班的学生，能力强的在一年级就开始读章节书，能力差可能还在阅读文字极少、极为简单的图画书。

Gospel Oak 小学学前班教师、已有 30 多年教龄的 Angela Yao 这样认为①：

Gospel Oak 小学的阅读级别完全依据国家课程标准来设定。学校从学前班开始教拼读知识。所有的拼读技巧学完以后（拼读基础知识通常需要一学年的时间学习，大约在学前班将要结束时学生基本掌握拼读技巧——笔者注），老师会在学校读书给孩子听，之后就开始提供每周的家庭阅读书目和阅读记录册。在这一阶段，为他们挑选书的依据是每个孩子的阅读能力，通常会依据颜色级别的标识来确定，比如粉色、橙色、蓝色、黄色等。每周一老师在确定是否需要晋级而更换不同颜色的书时，都会和孩子一起读一读上周在家里读过的书，同时查看家长的评论，再根据孩子的阅读能力决定。这些过程都会在家长会上向每一家长解释。

同时也会鼓励孩子们在日常基础上或在家里的闲暇时间里自由选择想看的书。同时学校也会在课堂上给那些需要特别帮助的孩子进行集体的或者一对一的个别辅导。这样的情况（指个别辅导的情况——笔者注）在整个小学教育中都会或多或少地出现。

我个人认为培养孩子对书的兴趣非常必要，当你拿起一本图画书和小孩子一起阅读时，甚至要将自己都投入进去。孩子们（的阅读）需要学校和家庭不断地支持和鼓励。

到 KS2 学段，家庭作业增加为英语阅读、数学和科学 3 项。每周的阅读书目不仅有篇幅更长的章节故事、非虚构类读物，还要求

①　笔者在 2015 年 4 月以及 2017 年 4 月对 Angela Yao 做过两次访谈，主题分别为"拼读技巧的教授方法"和"学前班到 KS1 学段分级阅读方法"。以上内容根据两次访谈的主要观点整理而成。

完成文本摘要、读后感、最喜欢的作家等读书报告内容。数学和科学作业有大量文字类练习以及分析报告，前一学段积累的阅读能力此时在解答其他课程作业时得到了充分应用和体现。

其中 Sabrina[①] 妈妈为我们分享她的经历：

三年级的作业明显比一二年级多很多，读的书也难多了。但我现在已经不需要怎么辅导，学校布置的那些故事阅读、写作、科学的作业，她都差不多能自己完成了。每学期开学老师都会对孩子的阅读水平再做一个测评，看看与上学期相比有没有变化。上学期以前她的阅读成绩不怎么好，还没有达到规定的那个三年级的平均标准（指国家课程标准中对 KS2 的阅读要求——笔者注）。一对一家长会时老师提出家长要辅导一下。学校还发了学生要达到的阅读标准，从单词、句子、段落的要求都有，一级比一级难，下面还有推荐书目，老师说那些书社区图书馆都有，大致按照那些难度借来读就可以了。主要是有时她回国几个星期，英语就会下降很多，开学老师一测评不如以前了，给她挑选的书级别就会不一样。

我觉得按照老师挑选的那些级别的书慢慢读，孩子进步还是挺大的。我不怎么担心 Sabrina 的阅读，因为她有退步的话，老师测评一下会知道，读的书就有调整，然后学校老师也会有辅导，慢慢就

①　Sabrina，伦敦坎姆顿区 Salusbury 小学三年级学生，家庭交流语言为英语、中文双语。访谈时间为 2017 年 6 月，以上内容根据录音整理而成。Sabrina 的阅读状况在双语家庭的孩子中很有代表性，笔者于 2015 年 6 月和 2017 年 6 月期间访谈的几个双语家庭父母都有类似的说法，在他们的共同表述中，都提出了老师评估阅读水平，然后为孩子选择不同的书来读的方式，尽管有些家长并没有使用"分级阅读"的概念。

赶上去了，只要达到那个标准就可以。她现在阅读、语法那些都有进步，做数学和科学的应用题也好多了。

从课堂教学方式到家庭作业，可以看出重视个体差异、协助不同水平学生共同发展是其教学的核心要素。国家和学校课程标准虽有统一要求，但评估体系确定的是达标范围，这容纳了不同能力的学生晋级的先后时间、快慢节奏和信心，也给予了教师和课堂因材施教的发挥空间。

（二）社区公共图书馆与小学的合作

在英格兰，社区图书馆是小学阅读教学的重要资源支持，针对儿童的藏书及服务直接配合国家与该区小学的课程标准。以坎姆顿社区（Camden）为例，该社区图书馆系统中，现有 9 个公共图书馆①、3 个由社区政府（Council）直接管理的图书馆、1 个家庭图书馆服务（针对不方便外出去图书馆的居民）、1 个小学图书馆服务部门、1 个当地学习与成就中心（相当于馆藏当地历史沿革的档案馆）。公共图书馆数量较多，且通常建立在居住区域较为集中的地方（小学也是如此）。由于每个区内各所小学相隔并不遥远，有时一小片地区会有好几所小学（通常围绕在公园的大片绿地周围），因此图书馆之间也相隔不远，利用起来十分便捷。这极大地增加了图书馆的使用频率和效率。

同时公共图书馆还有一些共同特点。

---

① 尽管近几年因为财政问题，政府正在缩减对图书馆的资金投入，但英格兰各个区还是期望通过服务技术上的改进，而尽力保证所有图书馆能够正常运行。因此坎姆顿社区的图书馆在数量上没有变化。

1. 儿童图书室图书收藏丰富，且有自身摆放特色

每个图书馆都有儿童图书室，基本收藏了市场上较有影响的分级图书，但陈列方式并不按 Book Band 的颜色顺序，而是有自己的摆放特点。比如坎姆顿社区的 Westhamsted 图书馆，馆藏书籍的分类如下：

①音像资料（Taking Off）：各类 CD、VCD，以各类字母歌、拼读知识歌、英语学习相关的动画片、纪录片等为主。按类别编目。

②作业系列（Homework Collection）：基本涵盖学校课程所涉及的内容，包括学生完成作业需要查找的资料和延伸阅读，藏书内容包括神话、历史、宗教、艺术、文学等。按类别编目。

③信息图书（Information Books）：属于课程标准规定的非虚构类读物，包括科学、自然、传记、体育等。按字母编目。

④各国传统故事和文化类图书（包括中文图书）：对应国家课程教学标准中"对外国文化的学习"要求。

⑤父母与孩子（Parents &Children）：有关怀孕、婴儿护理类图书。

⑥ABC&123：无字书以及非常简单的知识类启蒙读物，按字母编目。

⑦图画书（Picture Books）：按 A、B、C 字母分类编目。

⑧大孩子的图画书（Picture Books for Older Children）：比上一类故事、文字、篇幅都更长更难，按 A、B、C 字母分类编目。

⑨阅读起步（Starting to Read）：图文参半类文学读物，提供给开始独立阅读的孩子选择。大多数出版社的分级读物中适合二、三

年级阅读水平的图书基本会摆放在这里，仍然按字母编目。

⑩晋级图书（Moving On）：比上一类更难的桥梁书、章节书，以长篇故事为主，属于以独立阅读为主的分级书目。按字母编目。

从 Westhamsted 图书馆的图书分类可以看出，图书馆的藏书种类与学校课程密切相关，是学校课堂教学的延伸阅读。图书编目和陈列方式虽不与 Book Band 颜色序列一致（事实上也很难一致，因为各出版社图书分级的颜色数量并不相同），但仍然有阅读晋级的顺序，除专门性要求的图书（比如信息类、各国文化类图书等）是以专门书架摆放外，从第 6 类 ABC&123 到难度较高的第 10 类晋级图书，多以文学故事为主，按图、文、篇幅、单词数量等难度大小摆放在不同书架，各出版社分级图书按大致相近的难度混合在其中（同一分类书架的图书中也有没有分级的普通文学读物，图书管理员会依照大致难度与相近分级读物一起进行归类摆放）。前来借阅的小读者常常轻车熟路（或经图书管理员介绍推荐），自然选择自己熟悉的书架翻看借阅。

2. 馆际联网借还，非常便捷

英格兰社区图书馆内管理员并不多，儿童图书室大约 1—2 人，主要进行咨询、办理图书证、整理图书等工作。图书的借与还主要由读者自助在机器进行操作①。同一社区的图书馆之间互相联网，只要在该区某一个图书馆办理图书卡，读者就可以到任意一个就近的图书馆借书和还书，一次可以借阅 25—35 本不等，而借与还可以

---

① 减少人工劳动，利用网络技术力量，提供便捷的联网和自助服务，也是英格兰政府能够尽量节减财政开支的主要方法。

不在同一家图书馆。如果所借图书本馆没有，管理员会查阅其他图书馆，预约时间读者来取；如果所归还的图书属于其他馆，则由管理员进行整理送还。一切以读者的便利为原则。

3. 经常进行阅读推广活动

英格兰图书馆承担的另一项重要功能是进行阅读推广活动，尤其是儿童图书室。但这些活动并不是由图书馆本身策划组织，而是一些阅读推广机构或非盈利组织策划，借助图书馆定期举办阅读活动（比如英国著名的慈善组织——阅读协会每年依靠图书馆举办的"夏季阅读挑战"）。

在图书馆系统中，有一个部门专为小学提供阅读资源和服务，名为"小学图书馆服务部门"，其功能如下。

**主要功能：**

①使用该服务部门，可以为学校节省时间和金钱；

②让学校最快速有效地跟上国家课程标准的要求；

③丰富学生的学习经验；

④培养终身爱好阅读的习惯；

⑤提高学校资源的质量。

**服务项目：**

①拥有受过培训的有经验的员工；

②结合国家课程标准和广泛学校课程的最新阅读资源，多种媒体图书系列；

③提供图书和其他学习资料的建议和选择支持、咨询和提升服务；

④短期和长期的租借；

⑤图书陈列；

⑥为教师规划、组织和运行学校图书馆提供建议、支持和部分帮助；

⑦教师的培训服务；

⑧为教师、图书馆提供有关作者、插画者、诗歌、文学、识字与阅读的专业图书或教育类图书。

**租借项目：**

①主题租借

a. 为教师提供配合国家课程标准各学段的学科特殊选择资源，随时可以调整。

b. 校长有权为学校一学期租借最多120种资源，如果需要的话，半学期换一次。如果没有其他学校借用，可以续借。

②长期租借

学校可以为每个学生借4本书或者一共800本小说、非小说类图书。所借图书需要是连续性的，一个学校每学期用完1个系列，可以继续借新图书，归还用过的图书。这可以询问专业协调者或者学校图书馆工作人员。

**藏书：**

①有广泛的儿童文学类读物，包括图画书、桥梁书、小说、CD、双语图书、多种形式的图画书；

②有一直与国家课程标准要求和各学校的兴趣相关的图书系列；

③提供深入的能够覆盖国家课程标准的广泛读物；

④教师可以参观、浏览图书资源，尤其是那些能够特别引起孩子阅读兴趣的图书；

⑤有一些常规系列，如课程特别要求的、知名作家的或获奖图书；

⑥不提供图书购买，但作为小学图书馆服务部成员，可以享受购买折扣。

以上虽仅是坎姆顿区的"小学图书馆服务部门"，但服务理念和工作方式在英格兰图书馆系统中非常具有代表性。图书馆与小学课程教学的紧密联系，不仅为小学提供了更多而且便利的阅读资源，而且对引导儿童利用图书馆进行课堂外持续阅读产生了极好的效果。

## 四、启示

他山之石，可以攻玉。英格兰小学阅读教育是以字母文字为基础建立的体系，作为最早提出分级阅读概念的国家之一，其先进和科学不仅有理论研究界多年的探索，而且也是各个实践机构长期合作共同促进的结果。但作为完全不同的文字体系的汉语阅读，并不能全盘引进和照搬英美国家的分级阅读方法①，而是需要仔细甄别

---

① 即使是针对汉语儿童的英语学习，同样不能照搬英美国家的英语分级阅读书目或教材（事实上目前国内有关儿童英语学习的图书市场，极力提倡分级阅读概念和方法，并且大量引进英美国家原版分级书目作为主要学习材料）。英美国家的儿童多半以英语为母语，属于第一语言的学习，而英语对于汉语儿童来说属于第二语言习得，不同的语言背景必然在儿童认知结构、大脑思维方式、学习习惯等方面都有极大差异。因此并不是同一种分级阅读方式就可以取得同等效果。即便是英语学习，对于国外经验，深入研究与甄别仍然是建立汉语儿童自己的分级阅读方法的首要步骤。

可以借鉴的思路，逐渐探索出适合汉语儿童分级阅读的有效方式。

（一）英格兰经验的有效因素

1. 基础学段的阅读分级策略

分级的目的，是激发儿童阅读兴趣、逐步提高阅读能力，帮助每一个儿童以不同节奏顺利过渡到独立阅读阶段后，培养持续阅读以及自我学习的习惯。因而尤其注重基础学段的阅读分级策略。

2. 建立科学的测量标准和难度体系

分级的关键是首先对图书建立科学的测量标准和难度体系。英格兰经验显示，图书作为客观"物"，具有稳定性和可操作性，这保证了量化的科学。而儿童读者作为"人"，是不易进行量化的变量。英美国家经过多年研究推行的针对读者阅读水平的测评方式，是让读者阅读分级读物，根据图书难度间接测量或评估出读者的阅读能力和所达到的水平等级。而英格兰小学课堂教学和家庭阅读中教师主观评估学生阅读水平，也是一种较为人性化和针对性的把握方式。这都说明分级的理论出发点是"图书难度可以统一，而读者千差万别"。以可科学量化的图书这一常数为分级基础，开发丰富的可供选择的图书市场（比如同一难度级别图书的种类和数量繁多），以"人"的差异性和成长性这一变量为考虑对象，保证阅读水平与读物难度的匹配对应。

3. 实行量化标准和主观评估结合方式进行评价

对"阅读水平"这一变量，以量化标准和主观评估结合的方式进行分级，并且提供能力达标的范围，这体现出对个体差异的重视和所有学生共同进步的目标。英格兰出版和阅读机构也会开发阅读水平测评表（包括引进美国蓝思分级测评体系），但小学教育中对儿童阅读水平的主要评估方式还是依靠班级老师或专门的阅读教师小组（通常以年级为单位定期检查）进行。教师评估（KS1 学段通常采取面对面测评，KS2 学段还可通过阅读测试的方式测评）虽不及量表科学，但能充分考虑每一个儿童的阅读状态、流畅度等不宜量化的细微因素。同时国家课程标准对每一年级的能力要求设定范围，而不是统一和唯一的达标线。每一个范围之内有从低到高的评价数值（2014 年之前是 C、B、A 等级），不同范围之间便产生了合适的衔接坡度。这充分容纳了不同儿童阅读水平提高的速度，鼓励他们持续阅读的信心，使所有学生能够依据自己的节奏获得进步，最终达到国家课程要求。

4. 儿童文学作家和专业人员原创分级读物

儿童文学作家和专业人员原创分级读物，保证了阅读书目与国家课程标准高质量的紧密配合，以及针对不同年龄的量身定做。英国小学教育没有统一教材，教育机构或出版机构开发的分级读物充当了教材和教辅资料的重要功能。图书原创作者的专业性使分级读物得以紧密围绕国家课程标准，有针对性地从字、词、句、段、篇章，从易到难，从高频词汇到专业词汇的使用等语言规律入手，真正将宏观标准落实到具体有效的阅读实践中，使"年龄"特点贯彻到分级读物，达到逐步提高能力、促进持续阅读的效果。

5. 图书分级细致

针对同一年级的图书分级细致、进阶缓慢，尤其是基础学段。

6. 母语教学

母语教学以阅读为重点，分级读物进入课堂，真正对母语学习产生影响。

（二）目前国内借鉴西方经验的误区

1. 对"分级"的误解："什么年龄读什么书"

最早引进分级阅读并进行研究的先驱机构——南方分级阅读研究中心和接力儿童分级阅读研究中心，率先提出了这一理念。《中国儿童分级阅读指导手册（2010 版）》（接力儿童分级阅读研究中心）在倡议书中认为：分级阅读的目的是"把合适的书籍，在合适的时间，以合适的方式递到孩子的手中。让孩子爱上图书，感受到图书之美，走进图书的世界，承继优秀的人类文明的成果"。其含义即是"什么年龄看什么书，孩子就会爱上图书"。这一理念的前提是假定同一年龄段读者具有统一的阅读水平，他们以此为基础挑选图书，到了下一年龄段，自然过渡到高一级的阅读书目。同时图书以年龄段为标准进行分级。也就是说，"年龄段"是对读者和图书两方面进行分级的唯一标准。但是某年龄段的儿童实际有怎样的阅读水平？是否阅读了这一年龄段的图书，能力就自然增长，可以过渡到下一阶段？什么样的书可以归入到这一年龄段内？针对不同年龄段的图书之间晋级的依据是什么？这些根本问题无法确定，将让这一匹配依据变得模糊和不宜把握。

首先，以"年龄段"来区分读者，不仅分级简单粗略，级别之间缺乏衔接和过渡，而且忽略了同一年龄段的个体差异。《中国儿童分级阅读指导手册（2010 版）》中认为：分级标准"宜粗不宜细"，英美国家的儿童读物按照"3—6岁、6—9岁、9—12岁进行分级"（白冰）。这里不仅有对英美国家分级阅读的误解，而且同一年龄段间年龄跨度太大，并没有遵循儿童心理和认知发展的规律。英国国家课程标准显示，越是低年级基础阶段，课程要求的制定越是细致。心理学认为，年龄越低，心理和认知发展区分的间隔时间越小，比如1岁、1.5岁与2岁儿童，只相差6个月，但在语言和感知方面便有较大差异。2岁与3岁儿童的情感和语言发展，又有较大差异。而到了高年级阶段，比如9岁与10岁儿童在智力发育、语言和思维发展的完善程度上，远没有幼儿时期的年龄区别大。因此"0—3岁"实际上是一个无从把握的年龄段，"9—12岁"儿童虽然在大脑结构、认知和思维发展上渐趋复杂和成熟，但仍有较大差别，无法作为统一的年龄段来对待。这种大跨度的年龄区分不仅有违规律，而且导致对图书的无从选择。

同时，从一个年龄段到下一个年龄段之间的阅读能力要求如何获得衔接？因为"年龄段"无法体现阅读水平的坡度。比如，在4—5岁年龄段，现实中4.5岁儿童与5岁儿童的阅读水平并不是必然呈现从低到高的能力曲线，针对4—5岁儿童提供的图书，可能对有些儿童阅读较难，对另一些儿童可能又很简单。那么不同情况的儿童如何同时进阶到下一个"年龄段"？在同一范围内还要区分难度，代表着对同一年龄个体差异的承认和尊重。而年龄段的"统一"标准和假设，使读者的选择仍然会带有很大的盲目性，难以建立起阅读的自信，也很难真正帮助儿童有效地从一个年龄段的阅读水平上升到另一个阶段。接力出版社在解释并提供的《中国儿童分级阅读参考书目》中对年龄段有所修正，区分出"0—3""4—6""7—8""9—10""11—12"五个年龄段，但缩小年龄段的跨度仍然不能解决以上问题，原因就在于对到底如何"分级"以及"分级"要达到的目的，其理解有偏差。

其次，以"年龄段"区分读者，很容易从低到高任意延长分级年龄，比如0—3、4—6……11—12等，而没有深入研究阅读分级到底适合哪个年龄范围。我们从英格兰经验可以看出，分级是一种促进儿童尽快掌握阅读技巧、进入独立阅读阶段的有效手段。一旦儿童能够默读并不再主要依赖成人的帮助（比如大约 KS2 学段的三、四年级，即8—9岁），那么他们根据自己兴趣和水平自由选择的能力也随之增强，此时阅读级别减少，分级的重要性也在降低。因此阅读分级的有效年龄段并不需要无限扩展。

再者，"年龄"主要体现的是人的特点，以"年龄段"来区分读物，很难对作品进行客观分类（尤其因为读物不是针对性的原创作品，而是从中外海量作品中进行筛选的结果。哪些可以归入、哪些不适合分类，没有客观统计测量，而由专家阅读后确定，仍然失去了客观的科学性）。而且同一年龄段对应的读物不易形成难度坡度，使得目前分级书目的数量非常有限。

2. 分级标准采用非科学量化因素

以"年龄"区分读者和读物，最终只能以内容、主题、风格、品德等难以科学量化的因素作为图书的对应分级依据，而忽略了从文本本身出发，以汉语语音、汉字、语法等语言规律为标准来测量难度。这在细化和解释分级标准时常常表述不清，含混模糊。比如，南方分级阅读研究中心开发的《儿童青少年分级阅读内容选择标准》中对第一学段（1—2年级）的分级阅读内容标准："①选择内容丰富、形象具体、文字少、故事趣味性强的童话图画书（一年级加注拼音），图画书与文字书所占比例不少于1/2。逐步增加文字的阅读量，让儿童青少年在有趣的图像和文字的结合中，感受阅读的乐趣。②选择具有更多现实性、体验性、思考性的童话故事、寓言故事、童谣等，使儿童青少年的情趣更加浓厚，吸引其独立阅读 完一本书。③选择带有具体感知的动植物知识的启蒙读物，激励儿童青少年产生更多的科学兴趣。"其中除了"图画书与文字书所占比例不少于1/2"属于具体可以操作的标准外，其余表达均含混抽象，缺乏具体操作性。怎样才算"内容丰富、形象具体"？"文字少"需要少到什么程度？"逐步增加文字的阅读量"，怎样"逐步增加"？增加的幅度是多大？等等。这些表述都增加了设计阅读书目的困难。

同时不少作品分类不当。比如《中国儿童分级阅读参考书目》中4—6岁年龄段的图书含有《爱心树》《是谁嗯嗯在我的头上》等，显然前者在主题上超出了这个年龄段的理解水平，而后者对于学前儿童又稍为浅显。但两者在参考书目中并没有注明其难度的坡度如何设定。9—10岁年龄段的《笨狼的故事》《不老泉》与《秘密花园》很难作为一个难度级别划分在一起。

3. 现有分级图书多为原版图书的中译本，缺乏针对性的中文原创作品，且很多读物并不适合用来分级

正因为只能以主题、内容等含混的标准进行分级，而且没有针对性的原创作品，只能从海量童书市场中挑选，于是大量原版图书

的中译本囊括其中，而这些原版图书大多本身并不在本国的分级读物系列中①。因此，目前国内分级书目出现的问题主要有两点。

　　第一，缺乏立足于现代汉语语言的图书测量标准，使得原版图书的中文翻译在语言上并没有遵循不同年龄段的规律。有研究将英文原版绘本的中文译本与中文原创幼儿文学分别建立语料库进行对比，发现："英语儿童绘本译作的词汇密度较低，词语丰富度不强，词语选择应用存在着简化弱化的现象，句子构建层面存在长句现象，被动句翻译机械，出现译语编码欧化趋势，不符合中国幼儿文学语言规范，不利于中国儿童母语的习得和阅读能力的发展。"② 可见中文译本的语言不仅没有顾及儿童语言和认知发展规律，而且在凸显中文特色方面也良莠不齐。可见如果没有科学的汉语分级测量标准来规范，用中译本作为分级图书的主要来源并不利于我国儿童的母语学习。

　　第二，很多图书并不适合分级。由于分级标准的含混，分级书目中很多韵味丰富的文学读物，并不适合作为以促进母语学习为目标的分级读物来限定阅读年龄，比如4—6岁的《爱心树》《雪人》、9—10岁的《纸袋公主》等。

---

　　① 英美等国并非对所有童书进行难度分级，而是主要以配合国家课程标准、辅助学校教学、逐步提高儿童阅读能力为目的出版的童书才参与分级（当然美国蓝思体系因为已有较为成熟的测量标准，也可以用来对其他读物进行分级测量）。大量极具个性化的原创童书不参与，也不需要分级，而完全作为课外读物提供给儿童自由选择。

　　② 袁宏. 英语儿童绘本译作与中国幼儿文学的语言对比研究［J］. 淮海工学院学报（人文社会科学版），2016（5）.

4. 阅读分级标准不够全面

强调现代汉语的阅读分级，而忽视文言文阅读分级使目前古诗词与古文的选篇、背诵、理解与学习片段化，不易循序渐进地系统领略国学文化的魅力，体会古文学习的乐趣。

5. 分级读物未能完整诠释课程大纲

我国国家课程大纲表述宏观，但分级读物作为教辅材料之一，并没有细化和诠释国家要求，因此难以与课堂教学和母语学习相配套，起到有效补充和促进所有学生共同进步的效果。分级读物不能进入课堂教学，这固然有国家统一要求的限制，但分级读物和阅读活动的设计不能与国家课程大纲紧密配合也是重要原因，使得分级阅读与课堂教学割裂为两种阅读模式，必然造成分级阅读推进的困难。

（三）启示

第一，调整分级阅读的理念，明确目标。阅读要"分级"，不仅是因为"什么年龄读什么书"，而主要是"什么阅读水平的孩子读什么难度的书"，"年龄"只是参考的分级因素之一。分级阅读的目标，是用从易到难、与阅读水平相匹配的方式帮助每一个孩子树立起阅读的兴趣和信心，从而保持阅读习惯，有效地提高阅读能力。

第二，探索我国儿童的阅读规律。建立儿童语用数据库，举众家之力，制定立足于汉语语言的分级读物测评标准，以及汉语儿童阅读水平测评标准。目前针对读物和阅读水平的测评体系，以及提供的参考书目，虽是儿童心理学、儿童教育学、阅读学、文学等领域专家通力合作的研究成果，但对汉语语言的关注程度仍然不够。

汉语作为表意文字，其字、词、句、段、篇、语法、语用等具有博大精深的文化内涵，我国儿童在阅读母语过程中也有自己的规律和特点，比如儿童语言的高频词汇、眼动速度等。我国分级阅读的图书，必须是结合汉语语言特点开发的分级读物。

第三，详细分解国家课程大纲要求，分级读物的设计需与其紧密结合，对国家的宏观要求真正起到补充、配合的功能。近些年的分级阅读研究中，不少人认为难以推进的原因在于分级读物只能局限在教辅读物中，只是课外阅读，不能进入课堂，因此对中国儿童母语教学的影响非常有限。但从英格兰经验中我们可以看到，分级读物要对阅读教学产生积极影响，需要大量紧密围绕国家课程标准、方便教学操作的分级图书资源。每一个分级图书系列的开发，都需要在详细研读、细化、分解国家课程大纲的基础上，有针对性地将宏观要求融入每一本图书中，如此才能起到与课堂教学相互配合的作用，与课程一起共同促进儿童能力的增长。

第四，在制订科学的可把握的分级标准和阅读目标基础上，儿童文学作家以及相关专家有针对性地原创分级读物，比从现有图书中进行选择会更具有科学性和可操作性。比如，充分考虑国家课程大纲对于某年级儿童要求掌握的高频词汇、语法内容、拼写要求、阅读理解水平等，对应这些要求原创分级读物。

分级阅读是一项需要多学科参与、投入和研究的重要工程，任重而道远，但其效果已在英美等众多发达国家和地区的母语学习中得到了充分证明。国内自引进这一概念和方法，近十年来已取得不少成果，包括概念、意识和重要性的普及，分级图书市场的形成和发展，研究成果的逐年增多等。由于时间较短，我国还未建立起我们自己的分级阅读体系。而深入研究发达国家及地区分级阅读教育的成熟经验，反思汉语语言的特色，将对探索我国分级阅读理论和实践方法起到极大的推进作用。

## 第二节　儿童阅读推广的理论与实践

自 1995 年联合国教科文组织开始确定每年的 4 月 23 日为"世界图书与版权日"（World Book and Copyright Day），1997 年又发起"全民阅读"（Reading for All）活动以来，阅读推广（"Reading Promotion"）一词便常见于各国官方网站和重要报告中，20 年来得到广泛普及。作为较早起步掀起阅读推广活动的国家，英国不仅率先提出"读者发展"观念①，而且将提升全民阅读水平上升为国家工程和行动，20 世纪 90 年代初期就开始以图书馆为依托、多个协调机构参与的模式开展了一系列面向不同读者的全国性阅读活动。这其中，英国阅读社（The Reading Agency）是最为重要的阅读推广机构之一，是英国读者发展的重要引领者，对推进英国全民阅读和培养终身阅读习惯方面发挥了重要作用。而"夏季阅读挑战"（Summer Reading Challenge）作为该协会标志性的儿童阅读推广项目，参加活动的英国儿童已达到 80 多万人，全国 99％ 的公共图书馆参与其中，已成为英国每年最大型的儿童阅读推广活动。

英国阅读社十多年来的理论探索和实践运行策略，是英国提倡

---

① 1995 年，英国开卷公司（Opening the Book）的雷切尔·冯·里尔提出"读者发展"的概念，认为阅读是一种读者主动介入的实践活动，以增强自信和享受阅读、扩展阅读选择、提高分享阅读经验的机会，并将阅读提升为一种创造性的活动。之后该公司的汤姆·弗雷斯特进一步解释了这个概念：它是读者文化能力的发展。它传播阅读经验及其能为个人带来改变，通过扩展读者阅读视野来提升文化，使其不再局限于特定的作家，帮助读者树立信心尝试阅读新的作品。

全民阅读，尤其重视儿童阅读的生动体现，考察该协会的阅读推广理念和成功经验，无疑对促进我国儿童阅读及推广活动提供了有益的启示。

## 一、"夏季阅读挑战"的运行理念

阅读社的创立初衷，是期望帮助图书馆从扩展功能、制定可持续性发展计划、增加读者数量、培训管理员、举办读书活动等入手，进而帮助图书馆逐步增强在当地文化生活中的重要性，使政府更愿意为其投入资金。从1999年开始举办的"夏季阅读挑战"项目即是一个从儿童阅读活动入手、带动小学、图书馆紧密合作的极好的开端。

"夏季阅读挑战"是一项专门针对4—11岁儿童[1]的阅读推广活动，至今已积累了十余年的成功经验。2005年后，参与挑战活动的儿童第一次超过60万，英国全国98%的公共图书馆参与其中。此后，"夏季阅读挑战"规模逐年扩大，在推进英国儿童阅读方面起到重大作用。

阅读社项目的成功推广，在于其形成了一套较为完备的理念。[2]

（一）快乐阅读原则

在每一年的"夏季阅读挑战"总结报告中，都必然提到"快乐

---

[1]　英国小学教育体制规定儿童4岁入学，就读学前班，开始语言等各学科的系统学习。因此4—11岁是英国儿童的完整小学教育阶段。

[2]　2015年8月，笔者专程采访了阅读社评估与效果研究部门经理劳拉·万宁女士，其主要负责评估项目活动产生的影响以及测量人们在参与活动的差异性。有关儿童阅读推广活动的理念均来源于此次访谈。

阅读"（Reading For Pleasure）这一重要原则。阅读社认为，快乐阅读不仅能增加儿童未来的生活机会，而且是成功的儿童教育至关重要的因素。获得快乐既是阅读的终极目的，有趣味地进行阅读同时也是最有效的方法。人们因为喜欢才会阅读，读得越多，受益越多，同时也会更愿意去发展自己的能力。为使每个孩子充分体会到这一点，阅读社在各个推广项目中，都不会给参与者规定各种必读书目，而把读物的选择权完全交给儿童，因为自主选择正是最终获得阅读快乐的基础。

（二）读物的合理选择

作为未成年人，如何处理自由选择与有效阅读的关系？在阅读行为中，因为知识、经验的缺乏，是否会因为仅顾及快感而忽略了阅读质量和良好影响？对于来自成人世界的疑问，阅读社始终坚信：只有自由选择自己想去读的书，才会提升愉悦感，从而最终达到有效阅读的目的。但是，自主选择的同时，不断发展儿童自身的读物选择能力也同样重要。为此，"夏季阅读挑战"采取两种方法解决这个问题：一是活动通过图书馆进行，图书管理员承担起支持与帮助儿童选择喜欢的图书，并对读物难度进行分级和指导的职责；二是招募年龄在 12—24 岁之间的志愿者①，以帮助儿童挑选合适的各种类的图书，而志愿者通过这一行动也锻炼了自己的阅读、组织、交流、领导力、时间管理与判断能力。

---

① 同时，阅读社还有针对青少年的大型阅读项目：领先阅读（Reading Ahead）、非凡阅读（Reading Well）、阅读入侵（Reading Hack）。志愿者从热爱阅读和参与这些项目的青少年中招募，以每周工作几小时的方式与当地图书馆合作进行。

## （三）电子阅读的独特价值

阅读社鼓励儿童在活动中选择纸质读物，但同时也包括电子读物和有声读物，因为电子阅读既是无法回避的新型媒介形式，又有独特的价值。阅读社并未对电子媒介勃兴并深刻影响了儿童的阅读习惯产生忧虑，而是融合各学者的研究成果①，认为数字科技重塑了当下儿童早期文字经验。幼儿早期学习依赖于与成人大量的话语交流和互动，尤其是愉快的阅读分享和文字活动。同样通过电子媒介与成人的交谈互动，对培养批判能力和创造性思维都有至关重要的作用，儿童在线阅读、写作和交流能力对其未来有着深远的影响。因此，图书馆的图书陈列和相应的阅读活动也会增加更多更丰富的选择。

## （四）重视幼儿阅读

从 2013 年开始，"夏季阅读挑战"的参与者增加了 4 岁以下幼儿，其形式和挑战内容与其他年龄儿童一致，同样是完成 6 本书的阅读任务，只是需要父母投入到亲子阅读中。这是用家庭中大孩子的阅读挑战活动来激励幼小孩子的阅读兴趣而采用的方法，从而让学习阅读与学习说话、玩耍一样成为早期生命内容的重要部分。对于幼儿阅读，阅读社借鉴了图书信托基金已极为成熟的推广项目——阅读起跑线（Bookstart）的运行理念：将阅读作为日常生活的例行内容，并通过有趣的活动享受其中，比如用各种玩偶扮演故事、说说图画书中的图画、把故事带到生活中等，以此来强化阅读

---

① 比如英国开放大学的 Natalia Kucirkova、谢菲尔德大学的 Jackie Marsh 等学者，认为今天的童年已经改变，而走向了数字时代，儿童在数字游戏与电子阅读上有独特天赋，但大众传媒同时也改变了儿童认识世界的方式。

带给幼儿的早期生命经验。

## 二、"夏季阅读挑战"的活动方式

在"夏季阅读挑战"项目中，阅读社负责前期策划、寻求当年的资助者和艺术合作者、确定主题、准备活动礼包、评估影响和总结，而具体组织活动则交由公共图书馆、社区、学校和家庭开展进行。

（一）项目目标

让更多的儿童读更多的书，通过对公共图书馆的利用，建立儿童的阅读兴趣和自信，同时帮助青少年志愿者体验阅读回报。对图书馆而言，能增强其在当地机构中的功能作用，充分发挥图书与在线阅读、阅读经验分享、志愿服务、读者作者交流和创造性活动之间的紧密联系。尤其是加强图书馆与学校的合作，帮助学校在暑假延续阅读教学的效果。

（二）资助与合作者

作为大型慈善组织，阅读社项目运行的资金来源于各种捐助。当地权威部门、合作组织和 Tesco 银行等参与了对"夏季阅读挑战"的资助，尤其在英格兰和威尔士，该项目是"图书馆首席联合会"机构的优先扶持项目和战略发展目标。在政府财政缩减的情况下，仍然有99％的图书馆参与了该项目，就是因为有当地权威部门和各机构的资金支持，使分发给每个儿童的活动包所投入的经费控制在一英镑以下，这保证了图书馆持续组织该活动的热情和良好效果。

（三）活动流程

每一年夏季活动结束后，阅读社通过问卷调查、个案分析等形式撰写详细的分析总结报告，并制订下一年项目计划，征集和设计活动主题。同时与各出版社合作，确定与主题相关图书。项目每年选取深受儿童与家庭欢迎的现象或话题，请著名画家或作家联手设计主题标志、活动手册、宣传单等。比如，从 2011 年至 2016 年，"挑战"主题分别为"马戏明星"（Circles Star，2011）、"故事实验室"（Story Lab，2012）、"诡异的屋子"（Creepy House，2013）、"神话中的迷宫"（Mythical Maze，2014）、"打破纪录者"（Record Breaker，2015）、"好心眼儿阅读"（The Big Friendly Read，2016）。从春季学期到夏季学期，阅读社联系图书馆深入学校，通过传单、阅读活动、小型图书展览，或通过学校发放报名登记表等各种方式做宣传，获得校长与老师的支持，将学校阅读课堂教学顺利延伸到假期。暑假开始以后，阅读社将选择某一天举办一场阅读活动作为盛大的开幕式，宣布挑战活动正式启动。

（四）具体参与过程

4—11 岁儿童到当地图书馆报名，免费领取一个活动包（通常包括活动介绍、宣传页、书签、笔记本、笔、奖励贴画等），自由选择和借阅图书，开始阅读。整个假期共完成 6 本书阅读，每读完一本，还书时图书管理员会奖励一个贴画或其他证明方式。与此同时，各当地图书馆会轮流举行系列活动，比如讲故事、手工制作、作者见面会等，以吸引儿童进入图书馆。另外，参与者还会在网络平台撰写和分享心得、向其他人推荐好书。6 本书全部阅读后则视为完成挑战，参与者将得到 1 张证书、1 枚奖章。每个地区中心图书馆还将从参与者提交的阅读心得中评选优秀挑战者，并于活动结束后的 9 月初举办大型颁奖仪式，以资鼓励。

（五）网络平台

"夏季阅读挑战"活动网站是儿童参与该项目的网络平台。阅读社认为"分享"是"快乐阅读"不可缺少的方法，而网络无疑是当代儿童沟通交流的重要途径，因而在网站设计上极力凸显出趣味性和参与性。比如主页以建立"自我传略"（My Profile）为主要内容，栏目分为"图书分类"，这个类似于网上图书馆的所有读物都来源于参与儿童的推荐；"阅读俱乐部"，不仅会发现自己最喜欢的作者和他们的新书，而且可以找到很多获奖图书和作家的博客；"阅读竞赛"，通过小测试、拼图等方式测试阅读效果，锻炼阅读与写作能力；等等。

除了项目活动网站，阅读社还有专门的"阅聊网站"（Chatter-books），是英国最大的以自愿组合建立阅读小组的网络互助分享模式，主要在图书馆和学校中运行，通过图书管理员、教师、教师助手、志愿者来组织和指导，以培养儿童终身阅读的热情和习惯。该网站也是"夏季阅读挑战"的辅助形式。

（六）成效

阅读社在儿童阅读方面的理论与实践探索，取得了良好效果。"夏季阅读挑战"开展的十余年间，儿童注册成为图书馆会员、参与该活动的人数逐年增多，阅读量也不断增长。从 2011 年至 2014 年的活动影响与评价报告的数据可以看出，除 2013 年阅读社与英格兰艺术委员会合作，开展了一列特色活动与艺术评奖，最后的总结报告未做大数据统计与分析外，从 2011 年至 2014 年间，活动参与总人数、借阅图书数量、网络平台使用率、4 岁以下儿童参与率和志愿者数量都有较大幅度增长。而且每年都有大量儿童整个暑假沉浸在阅读中，平均 25% 的儿童完成了 7—12 本图书的阅读，8% 左右的儿童甚至超过了 12 本书。这其中，如何提升男孩阅读率一直是阅读社十分重视的内容。尤其在 2015 年的报告中，针对"每天只有四分之一的男孩在课外坚持阅读"的现状，阅读社特别提到要更加激励男孩参与其中。为此，阅读社联合各大出版社，不仅在图书创作出版上考虑性别因素，以提供更为丰富的满足男孩兴趣的读物，而且在阅读活动设计上，也会对男孩参与挑战提出特别的鼓励。

"夏季阅读挑战"极大地加强了学校、老师、图书管理员、儿童与青少年服务机构的联系与合作。老师的课堂教学内容不仅在暑假的持续阅读中得以巩固，图书馆的儿童新会员申请率也大幅度增长，从而强化了图书馆在小学教学、社区公共服务方面的重要地位。主要数据的增长直接表明了挑战赛的不断发展，也反映出儿童参与阅读的兴趣渐增，他们较以往更乐于主动阅读，也更有利于营造尽可能广泛的阅读氛围和习惯。

### 三、英国儿童阅读推广活动的启示

我国有关儿童阅读推广活动的研究和实践开始于 21 世纪初，十余年来活动规模和频率逐渐扩大。2007 年由教育部基础教育司和团中央少年部共同支持，中国儿童读物促进会与首都图书馆共同主办的"共同架起儿童与图书的桥梁——纪念国际儿童图书节四十周年暨中国儿童阅读日系列活动"中，设立 4 月 2 日为"中国儿童阅读日"。同时我国于 2008 年引进英美国家分级阅读概念。这些极大促进了我国儿童阅读活动的广泛开展。但"儿童阅读的核心与难点是'选书目'，具体地说涉及三个方面：一是选什么？二是怎么选？三是由谁来选？"① 这涉及儿童阅读的理念、方法和专业合作机构等多方面的深入研究和探索。

阅读社"夏季阅读挑战"项目的运行方式和内容是英国儿童阅读推广活动的生动体现，其影响之大也在于其理念被学校、教师、政府部门、家长和儿童普遍认同。这种以有趣和持续性的推广活动为激励措施、以有丰富阅读资源的图书馆作为连接学校教育强有力的纽带、以同龄人的阅读互助以及青少年阅读帮扶为激励手段的有效经验，对反思我国儿童阅读推广现状并促进发展都是极好的借鉴。

（一）挖掘和发挥图书馆在儿童阅读中的积极作用

对我国而言，目前专门性的少年儿童图书馆数量不多，虽然多数地方利用公共图书馆来承担少儿阅读服务职能，但仍有一定的图书馆尚未开设未成年人服务。更为重要的是，目前少儿图书馆没有配合校内阅读教学的有效手段和丰富的阅读资源，导致图书馆难以在阅读推广活动中充分发挥其潜力和功能。且馆内书目未经科学分级，其编目和书架摆放无法充分体现儿童需求，图书管理员大多还仅在发挥基本的管理职责，还未能对儿童读者起到科学指导的作用。

英国阅读社虽是一家民间慈善机构，但其项目得到了来自地方

---

① 王泉根. 新世纪十年"儿童阅读运动"综论［J］. 学术界，2011（6）.

政府、各资助团体等各方面的支持与合作，对推进全民阅读起到重要作用。图书馆服务在辅助学校分级阅读教育方面有着较长的历史，各个区图书馆都有专门的"学校服务机构"，为该区所有小学提供分级图书的订阅和咨询服务。公共图书馆容纳有各大出版社的分级书目，按照阅读水平（从玩具书到百科全书）统一编目、联网借阅、开展阅读推广等，图书管理员同时也是阅读指导和推广专家。这些策略无疑对我国如何发挥图书馆对儿童阅读的促进作用提供了极好的启示。

（二）将快乐阅读作为培养终生阅读习惯的动力和基础

"快乐阅读"原则以及实施方式是让儿童自己处理阅读事务的体现和保护。在阅读行为中，由于儿童知识、经验的缺乏，为保证其学习、受教育和健康成长的顺利进行，成人认为其理所当然拥有话语权，而代替儿童选择、指导、出版、评选符合成人规则的优秀读物。但阅读的实际受益者——儿童却成为"他者"，因无法凸显自己的真实意愿而不易达到成人的预期效果，比如未能阅读到与年龄、兴趣、性格、阅读水平相匹配的读物而造成阅读障碍或失去阅读兴趣，因阅读困难而影响母语学习，缺乏同龄人间的阅读激励，等等。因此，对"快乐"这一内在阅读动机的保护，为培养持续乃至终身阅读习惯提供了可能性。

在以阅读社为代表的英国阅读机构看来，快乐阅读是学习的前提和基础，没有发自内心的兴趣，学习的效益将大打折扣。心理学表明，来自内在和外在的动机，会对阅读形成不同的影响。① "内在动机"是指在基于人对某个事物的强烈兴趣而愿意投入其中，有内在动机的读者更愿意寻找引起他兴趣的主题并从中受益。而"外在动机"是由于外在价值和需求而对某个事物行为的投入。比如一个孩子因为害怕惩罚或者老师父母对其有强烈的期望，在这种外在动机的控制下他也会表现出投入地阅读这种行为。有关阅读动机的研究表明：内在动机会带来更多更广泛的阅读欲求，也会促使更主动地去理解文本，而因外在动机去阅读的儿童，更倾向于采取浅层水平的阅读策略以完成任务，比如猜词或机械记忆。但在阅读教育中，外在动机有时也能作为非常重要的策略来激发阅读行为和提升意志力。从以上研究结果可以看出，外在动机的强化最终是为了调动起内在动机，以获得最佳阅读效果。

"夏季阅读挑战"的任务只有 6 本书，没有限定任何文体、字数、阅读方式，也就是说每个儿童根据自己的兴趣和能力，可以选择任意图画书、诗歌、小说、漫画、有声读物，甚至无字书，等等。不区分完成任务的难易程度，完全一视同仁，只要读完 6 本书都会获得证书和奖章，读后用心写评论且有心得的孩子还会获奖，奖品是笔、书签、简单的手工玩具和买书打折卡。可以看出，挑战的难度并不大，虽然阅读 6 本小说与阅读 6 本诗歌、漫画，无论在时间长度与难度上都无法相比，但个体兴趣与能力是首要考虑的因素。

① Ryan R. M. , Deci, E. L.. Self – determination theory and the facilitation of intrinsic motivation, social development, and well – being ［J］. American Psychologist （2000）. 55, 68 – 78.

（三）阅读需要激励和奖赏

好奇心和兴趣是阅读的起点，而奖励无疑是调动兴趣和内在积极性的有利方式，属于典型的外部动机。但什么样的奖励会更为有效地调动起内在动机？心理学曾通过大量试验和调查得出结论：与欲求相关（而非额外）的刺激往往更能激发起强烈的内在动机，并推动行为的发生，带来高效率的学习效果。而且，相关刺激可以促使行为的目的性增强，阅读竞争能激励内在动机，导致更大量的阅读。①

可见，与阅读相关的外部刺激仍然是阅读活动或图书资源本身。声势浩大的"夏季阅读挑战"是一种强有力的外部刺激，其挑战性既是针对自己以往的阅读经验与能力，也是同伴之间的竞争。而挑战活动的设计，如特定主题、贴画、好书推荐、网络互动、读书会、作者见面会、书评写作、证书、奖章等，都体现出阅读相关性，进而在有意和无形中刺激着儿童的阅读兴趣。这对我国推广活动的内容设计也是很好的启示。

（四）重视男孩阅读

阅读活动中，男生阅读参与度显著低于女生，男女生喜欢阅读的材料也有差异，这是世界性的普遍现象。研究表明，男孩与女孩在阅读兴趣方面的表现具有明显不同，男孩比女孩的阅读兴趣更加多变；两岁左右的男孩和女孩在选择童话时表现出不同的喜好，男

---

① Gambrell L. B., Marinak B.. Incentive and intrinsic motivation to read ［C］//J. T. Guthrie and A. Wigfield (Eds.), Reading engagement: Motivating readers through integrated instruction. Newark, Delaware: International Reading Association, 1997: 205 - 217.

孩喜欢恐怖和暴力故事，而女孩喜欢浪漫故事。随着社会进步，女孩逐渐在所有的阅读能力指标中都有明显改善，而男孩在阅读和写作技能方面已经落后于女孩。①

阅读社对男孩阅读的重视，不仅在"夏季阅读挑战"报告中专门对男生阅读率进行总结反思，而且在活动过程中，为激发男孩的阅读兴趣，特别开发阅读游戏软件及 App，引导父亲和男孩的参与。

而对于阅读中的性别差异，我国在阅读研究和实践指导中关注不多。虽然出版界已开始注意到这一问题，已出版不少诸如"男孩阅读系列""女孩阅读系列"等图书，但主要依据的是传统社会角色定位，还缺少理论上的调查、研究支撑以及对出版市场的有效指导，这导致以性别来分类的图书适用性不强。因此，关注男孩阅读并在创作、出版、阅读推广等领域采取相应对策，是我们将要重视的问题。

（五）阅读互助和青少年志愿者的阅读帮扶是培养终身阅读习惯的有效方式

我们通常将儿童阅读指导视为成人的责任，强调父母、教师、图书管理员等角色的功能。而阅读社的经验表明：同龄或者稍高年龄段同伴的帮助和激励往往会对阅读带来意想不到的结果。阅读社始终提倡各学校、图书馆、社区、家庭之间自由组合，在各年龄阶段建立阅读小组。比如，在儿童阅读推广项目中创立"阅聊"小组（Chatterbooks reading group），由儿童根据阅读兴趣和水平自愿参与

---

① Ross. C. S, Mckechnie L, Rothbauer. P. M. Reading matters：what the research reverals about reading［M］. libraries and community, Westport：Library Unlimite, 2005.

不同的读书小组，相互讨论读书心得，帮助寻找和推荐好书。阅读社认为，儿童在成人的带领下奔向图书馆，是因为他们在阅读和与同伴的交流竞争中找到了快乐和自信。事实上，很多儿童、家长和教师都表示，他们更喜欢这种小组的形式，儿童在快乐的氛围中得到激励，相互讨论带来极大收获。尤其是来自儿童相互之间的"读物推荐"（而非来自成人），对教师和儿童在学校阅读教育上是极好的建议，也更强化了儿童在阅读上的自主性和愉悦感受。

在"夏季阅读挑战"中，青少年志愿者数量逐年递增，这不仅来源于英国的教育政策，使参加志愿活动在青少年成长过程中占有重要地位，更来自活动本身让青少年感受到了童年阅读的积累带来的自信。仅在"夏季阅读挑战"2014年的总结报告中就有数据显示，85%的青少年志愿者感到他们在交流、组织、与儿童互动等方面获得了极大的能力锻炼。而对于儿童，青少年阶段是他们不久即将进入的未来，志愿者的阅读经验、方法、分享、判断能力和行为方式，都是儿童乐于模仿和接受的对象。放手让双方良性互动，恰恰成了连接从童年到青少年，再到成年后阅读的桥梁。

可见，将阅读事务交由儿童和青少年自身，成人只做有限干预，是增强儿童阅读自信并向更高阅读阶段跨越的有效方法。但我国自重视并推广儿童阅读活动以来，对儿童阅读自身能动性和帮扶潜力的开掘，在研究界和实践中并未引起足够关注，促进儿童阅读往往被看作是成人的职责和能力所及。对此，英国阅读社的策略无疑开拓了我们对儿童阅读领域研究和实践的思路。

# 参考文献

［1］〔美〕W．C．布斯．小说修辞学［M］．华明，胡晓苏，周宪，译．北京：北京大学出版社，1987.

［2］〔以色列〕里蒙·凯南．叙事虚构作品［M］．姚锦清，黄虹伟，傅浩，于振邦，译．北京：生活·读书·新知三联书店，1987.

［3］〔法〕热拉尔·热奈特．叙事话语．新叙事话语［M］．王文融，译．北京：中国社会科学出版社，1990.

［4］〔美〕J．希利斯·米勒．解读叙事［M］．申丹，译．北京：北京大学出版社，2002.

［5］〔美〕苏珊·S．兰瑟．虚构的权威——女性作家与叙事声音［M］．黄必康，译．北京：北京大学出版社，2002.

［6］〔美〕詹姆斯·费伦．作为修辞的叙事——技巧、读者、伦理、意识形态［M］．陈永国，译．北京：北京大学出版社，2002.

［7］〔美〕戴卫·赫尔曼．新叙事学［M］．马海良，译．北京：北京大学出版社，2002.

［8］〔美〕马克·柯里. 后现代叙事理论［M］. 宁一中, 译. 北京：北京大学出版社, 2003.

［9］〔荷〕米克·巴尔. 叙事学——叙事理论导论［M］. 谭君强, 译. 北京：中国社会科学出版社, 2003.

［10］〔美〕James Phelan, Peter J. Rabinowitz. 当代叙事理论指南［M］. 申丹, 等译. 北京：北京大学出版社, 2007.

［11］〔美〕杰拉德·普林斯. 叙事学——叙事的形式与功能［M］. 徐强, 译. 北京：中国人民大学出版社, 2013.

［12］〔美〕西摩·查特曼. 故事与话语：小说和电影的叙事结构［M］. 徐强, 译. 北京：中国人民大学出版社, 2013.

［13］〔美〕罗伯特·斯科尔斯, 詹姆斯·费伦, 罗伯特·凯洛格. 叙事的本质［M］. 于雷, 译. 南京：南京大学出版社, 2015.

［14］〔美〕戴维·赫尔曼, 詹姆斯·费伦, 等. 叙事理论——核心概念与批评性辨析［M］. 谭军强, 等译. 北京：北京师范大学出版社, 2016.

［15］徐岱. 小说叙事学［M］. 北京：中国社会科学出版社, 1992.

［16］罗钢. 叙事学导论［M］. 昆明：云南人民出版社, 1994.

［17］杨义. 中国叙事学［M］. 北京：中国社会科学出版社, 2007.

［18］陈平原. 中国小说叙事模式的转变［M］. 北京：北京大学出版社, 2010.

［19］申丹, 王亚丽. 西方叙事学：经典与后经典［M］. 北京：北京大学出版社, 2010.

　　［20］申丹. 叙事学与小说文体学研究［M］. 北京：北京大学出版社，2001.

　　［21］〔美〕乔纳森·H. 特纳. 现代西方社会学理论［M］. 范伟达，主译. 天津：天津人民出版社，1988.

　　［22］〔俄〕米哈伊尔·巴赫金. 诗学与访谈［M］. 白春仁，顾亚铃，等译. 石家庄：河北教育出版社，1998.

　　［23］〔美〕乔纳森·卡勒. 当代学术入门：文学理论［M］. 李平，译. 沈阳：辽宁大学出版社，牛津：牛津大学出版社，1998.

　　［24］〔荷〕胡伊青加. 人：游戏者——对文化中游戏因素的研究［M］. 成穷，译. 贵阳：贵州人民出版社，1998.

　　［25］〔法〕皮埃尔·布迪厄，〔美〕华康德. 实践与反思——反思社会学导引［M］. 李猛，李康，译. 北京：中央编译出版社，1998.

　　［26］〔美〕伯格. 通俗文化、媒介和日常生活中的叙事［M］. 姚媛，译. 南京：南京大学出版社，2000.

　　［27］〔法〕皮埃尔·布迪厄. 艺术的法则——文学场的生成和结构［M］. 刘晖，译. 北京：中央编译出版社，2001.

　　［28］〔法〕米歇尔·福柯. 知识考古学［M］. 谢强，马月，译. 北京：生活·读书·新知三联书店，2003.

　　［29］〔英〕诺曼·费尔克拉夫. 话语与社会变迁［M］. 殷晓蓉，译. 北京：华夏出版社，2003.

　　［30］〔美〕本尼迪克特·安德森. 想象的共同体——民族主义的起源与散布［M］. 吴睿人，译. 上海：上海世纪出版集团，2003.

［31］〔美〕王德威. 想像中国的方法——历史·小说·叙事［M］. 天津：百花文艺出版社，2016.

［32］董小英. 再登巴比伦塔——巴赫金与对话理论［M］. 北京：生活·读书·新知三联书店，1994.

［33］陈晓明. 表意的焦虑——历史祛魅与当代文学变革［M］. 北京：中央编译出版社，2002.

［34］〔瑞士〕皮亚杰，B·英海尔德. 儿童心理学［M］. 吴福元，译. 北京：北京商务印书馆，1980.

［35］〔瑞士〕皮亚杰. 发生认识论原理［M］. 王宪钿，译. 北京：北京商务印书馆，1981.

［36］〔日〕上笙一郎. 儿童文学引论［M］. 郎樱，徐效民，译. 成都：四川少年儿童出版社，1983.

［37］〔英〕迈克尔·西戈，〔中〕张立新. 儿童认知发展研究——一种新的皮亚杰观. 成都：四川教育出版社，1999.

［38］〔美〕迈克雷纳. 早期文学教育［M］. 贾立双，译. 沈阳：辽海出版社，2000.

［39］〔加〕培利·诺德曼. 阅读儿童文学的乐趣［M］. 刘凤芯，译. 台北：天卫文化图书有限公司，2001.

［40］〔英〕大卫·帕金翰. 童年之死［M］. 张建中，译. 北京：华夏出版社，2005.

［41］〔美〕杰克·齐普斯. 作为神话的童话［M］. 赵霞，译. 上海：少年儿童出版社，2008.

［42］〔英〕彼得·亨特. 理解儿童文学（第2版）［M］. 郭建玲，周惠玲，代冬梅，译. 上海：少年儿童出版社，2010.

［43］〔瑞典〕玛丽亚·尼古拉耶娃. 儿童文学中的人物修辞［M］. 刘洊波，杨春丽，译. 合肥：安徽少年儿童出版社，2010.

［44］〔美〕特瑞兹. 儿童小说中的女性主义声音［M］. 李丽，译. 合肥：安徽少年儿童出版社，2010.

［45］〔澳〕约翰·史蒂芬斯. 儿童小说中的语言与意识形态［M］. 张公善，黄惠玲，译. 合肥：安徽少年儿童出版社，2010.

［46］〔澳〕罗宾·麦考伦. 青少年小说中的身份认同观念：对话主义构建主体性［M］. 李英，译. 合肥：安徽少年儿童出版社，2010.

［47］〔美〕尼尔·波兹曼. 童年的消逝［M］. 吴燕莛，译. 桂林：广西师范大学出版社，2011.

［48］〔英〕艾莉森·詹姆斯，克里斯·简克斯，艾伦·普劳特. 童年论［M］. 何芳，译. 上海：上海科学院出版社，2014.

［49］〔英〕艾伦·普劳特. 童年的未来——对儿童的跨学科研究［M］. 华桦，译. 上海：上海社会科学院出版社，2014.

［50］〔美〕谢尔登·卡什丹. 女巫一定得死——童话如何塑造性格［M］. 李淑珺，译. 北京：机械工业出版社，2014.

［51］〔加〕佩里·诺德曼. 隐藏的成人——定义儿童文学［M］. 北京：中国社会科学出版社，2014.

［52］〔美〕加雷斯·B. 马修斯. 哲学与幼童［M］. 陈国容，译，蒋永宜，校译. 北京：生活·读书·新知三联书店，2015.

［53］〔美〕加雷斯·B. 马修斯. 童年哲学［M］. 刘晓东，译. 北京：生活·读书·新知三联书店，2015.

［54］〔美〕加雷斯·B. 马修斯. 与儿童对话［M］. 陈鸿铭，

译. 北京：生活·读书·新知三联书店，2015.

[55]〔日〕河合隼雄. 童话心理学［M］. 赵仲明，译. 海口：南海出版公司，2015.

[56]〔美〕布鲁诺·贝特尔海姆. 童话的魅力［M］. 舒伟，丁素萍，樊高月，译. 北京：社会科学文献出版社，2015.

[57]〔美〕威廉·A. 科萨罗. 童年社会学［M］. 4 版. 张蓝予，译. 哈尔滨：黑龙江教育出版社，2016.

[58] 胡从经. 晚清儿童文学钩沉［M］. 上海：少年儿童出版社，1982.

[59] 孙建江. 童话艺术空间论［M］. 武汉：湖北少年儿童出版社，1991.

[60] 汤锐. 现代儿童文学本体论［M］. 南京：江苏少年儿童出版社，1995.

[61] 刘绪源. 儿童文学的三大母题［M］. 上海：上海少年儿童出版社，1995.

[62] 王泉根. 现代中国儿童文学主潮［M］. 重庆：重庆出版社，2000.

[63] 朱自强. 中国儿童文学与现代化进程［M］. 杭州：浙江少年儿童出版社，2001.

[64] 朱自强. 儿童文学概论［M］. 北京：高等教育出版社，2009.

[65] 徐兰君，〔美〕安德鲁·琼斯. 儿童的发现——现代中国文学及文化中的儿童问题［M］. 北京：北京大学出版社，2011.

[66] 刘绪源. 中国儿童文学史略［M］. 上海：少年儿童出版

社，2013．

［67］徐兰君．儿童与战争——国族、教育及大众文化［M］．北京：北京大学出版社，2015．

［68］赵霞．思想的旅程——当代英语儿童文学理论观察与研究［M］．南京：江苏凤凰少年儿童出版社，2015．

［69］张嘉华．儿童文学的童年想象［M］．福州：福建少年儿童出版社，2016．

［70］方卫平，赵霞．儿童文学的中国想象［M］．合肥：安徽少年儿童出版社，2018．

［72］陈晖．中国当代儿童观与儿童文学观［J］．文艺争鸣，2013（2）．

［73］陈思和．有关20世纪中国文学史研究的几个问题［J］．文学评论，2016（6）．

［74］李利芳．论中国现代儿童文学价值观念［J］．江汉论坛，2017（2）．

［75］浙江师范大学．儿童文学研究专辑［J］．浙江师范大学学报（社会科学版），1985，1986，1987，1990，1994．

［76］儿童文学选刊．1984—1997．

［77］Peter Hunt. *Children' Literature—The development of criticism*［M］. London：Routledge，1990.

［78］Peter Hunt. *literature for Children—Contemporary criticism*［M］. London：Routledge，1992.

［79］Devie. L. Russell. *Literature for Children*［M］. Longman，1994.

［80］Murray Knowles, Kirsten Malmkjær. *Language and Control in Children's Literature* ［M］. London: Routledge, 1996.

［81］Ann Anagnost. Children and National Transcendence in China ［M］//Constructing China: The Interaction of Culture and Economics, edited by Kenneth G, Lieberthal, Shuen – fu Lin, and Ernest P. Young, Ann Arbor. Center for Chinese Studies, University of Michigan, 1997.

［82］Mary Ann Farquhar. *Children's Literature in China: From Lu Xun to Mao Zedong* ［M］. Armonk. N. Y. : M. E. Sharp, 1999.

［83］Susan E Honeyman. *Childhood bound: In gardens、maps and pictures* ［J］. A Journal for the Interdisciplinary Study of Literature, Winnipeg, 2001 (6).

［84］Barme, Geremie. *An Artist Exile: A Life of Feng Zikai* (1898—1978) ［M］. Berkeley: University of Galifornia Press, 2002.

［85］Mieke Bal. *Narratology: introduction to the theory of narrative* (3rd ed. ) ［M］. University of Toronto Press, 2009.

［86］Andrew Jones. *Developmental Fairy Tales: Evolutionary Thinking and Modern Chinese Culture* ［M］. Cambridge: Harvard University Press, 2011.

［87］Kate Foster. *Chinese Literature and The Child: Children and Childhood in Late – Twenty Century Chinese Fiction* ［M］. Basing-Stoke: Palgrave Macmillan, 2013.

# 后 记

  整理完书稿，已近暮春。杨絮在青碧的空中飞舞，阳光划过干裂的风毫不吝惜地洒落到地上，越来越多的人戴起防毒面具式的口罩以阻挡无处不在的花粉，但深深浅浅、层层叠叠的艳丽依然径自开放，无视好恶，安然当下。

  这学期，四年级的语文课文照例有很多关于春天和生命的篇目。海豚含混不清地读完《生命，生命》，一边催促我签字一边抱怨："这个课文好无聊啊！"说完还要补充："这学期的好多课文都没意思，你看这个，说一个眼睛看不见的小女孩抓住了蝴蝶，写得好没劲！"我拿过书一看，杏林子的文章！这位深受病痛困扰的坚强作家对生命由衷的礼赞，哪是一个十岁的孩子能够感同身受的？而另一个故事，女孩安静眼盲心美，"整天在花香中流连"，"蝴蝶在她八岁的人生划过一道极其优美的曲线，述说着飞翔的概念"。这个纯真抽象的儿童，这份洁白无暇的童心让"我"感动得不忍打扰（连取名为"安静"都好似上天有意的眷顾安排），可是"她"，又与在我身边读书要求签字的同样天真的孩子有何关联？

　　这就是我多年来一直想弄清楚何谓"为孩子'写'的文学"、孩子怎样"看"文学的原因！真实的童心，莫过于这个春天呼剌剌开起来的花，它们同所有生命一样忍受着干燥的空气，也烦恼，也拖沓，这自在的成长逻辑，却不是另一种理性所能强力改变的。这些文字之所以无法引起真实童心的共情，在我看来，正是由于有真诚却无叙事，或有叙事但无真诚。

　　整理旧文，增添新章，确实看到了自己一路思考与成长的足迹。一直觉得博士论文选了一个自讨苦吃的难题，因为叙事学理论本身艰深复杂、派别林立，各家观点时有冲突。但"儿童文学如何叙事"既然引起了我的兴趣，普遍的理论一定可以解释儿童文学的问题。匆忙完成博士论文的写作后，我的思考停滞了很长时间。在宏观研究时，我习惯用经典文本来总结"好"作品的规律，但面对复杂语境中诞生的中国文本，我们常常用"教育本位""成人化"等评价的作品，叙事上是否有缺憾，缺憾在哪里呢？惯常的讨论中，作家是否"葆有童心"、是否"回到童年"成为评价作品的绝对标准。但这个空洞的概念使叙事极难把握边界，因为童年是回不去的，童心也是无法再生的，儿童文学到底是"像儿童"那样说话，还是"向儿童"说话？直到再次读到周作人评价安徒生童话和《爱丽丝漫游奇境》时，他说："做个诗人，说自己的话，也做个小孩。"我终于找到了将叙事研究深入下去的突破口：回到中国儿童文学诞生的现代，回到建立在"真诚"的"赤子之心"基点上的叙事探索中，或许才能解读叙事理论可以分析但又无法完全涵盖的中国自己的特殊性。

从这个角度再思考儿童文学的叙事，我轻易发现了自己以往研究文本时观点的偏差，它们那么明显地体现在论文中，这既让我感到羞愧，同时又有些细微的兴奋，毕竟这说明了自己在往前进步！

抓住这次契机吧，春天的路还很长，那里有无数真实的生命在绽放！

2019 年 4 月 18 日于中关园